阿扎 / 著

图书在版编目（CIP）数据

风马：在藏地幸遇自己 / 阿扎著. —北京：当代世界出版社，2017. 3

ISBN 978-7-5090-1192-8

Ⅰ. ①风… Ⅱ. ①阿… Ⅲ. ①散文集—中国—当代 Ⅳ. ①I267

中国版本图书馆CIP数据核字（2017）第036684号

书　　名：风马：在藏地幸遇自己
出版发行：当代世界出版社
地　　址：北京市复兴路4号（100860）
网　　址：http：//www.worldpress.org.cn
编务电话：（010）83908456
发行电话：（010）83908409
（010）83908455
（010）83908377
（010）83908423（邮购）
（010）83908410（传真）
经　　销：全国新华书店
印　　刷：北京天宇万达印刷有限公司
开　　本：880毫米×1230毫米　1/32
印　　张：7
字　　数：146千字
版　　次：2017年3月第1版
印　　次：2017年3月第1次
书　　号：ISBN 978-7-5090-1192-8
定　　价：38.00元

◎ 有这样一个民间传说：

一个藏族僧人在印度取得真经，回来的路上过河时把经书弄湿了，他把经书摊开晾晒，自己坐在一棵大树下打坐入定。突然间，天地响起法锣、法号，阵阵梵音回荡，微风拂面，天宇变换。僧人感觉浑身通泰，大彻大悟。他微微睁开眼睛，原来一阵风起，刮得经书满天满地满河面。据说人们为了纪念这个僧人的顿悟和颂扬佛经，就把经书印在布上，直接挂于天地之间，曰：风马旗。

这就是风马的来历。

序一 侠之大者

我和阿扎相识多年，属于那种不用喝酒、K 歌，光坐在马路边啃着西瓜、打着蚊子，就可以通宵聊哲学的挚友。

我和他出身不同。他是干部子弟，偏偏天生反骨，任侠洒脱，天真而不卖萌，风流而不下流，为人处世带着几分似中世纪骑士的贵族作风。我是农民子弟，市井流氓出身，尝尽人间辛酸和苦乐，偏偏又是嫉恶如仇、嗜书如命。很多人问我为何和阿扎惺惺相惜。他们认为“阶级”之间的矛盾是不可调和的。我唯一的解释就是:我们都讨厌娘娘腔伪文青。我经常扯下伪文青的“花内裤”，他经常脱掉伪文青的“棉毛裤”。骨子里都透着对媚俗的反动。

没跟他会面前，我一直认为他是一个比我年长的好汉，至少会在嘴唇上留两撇放荡不羁的八字胡，眼神中透着几分冷峻和侠气。

与阿扎见面的那一年，我大学毕业已经两年，做过小贩、厨师，当过工人，在媒体界码过豆腐块小文，碌碌无为、一事无成。唯一能找到一点读书人尊严的，就是和他一起写几篇文章嬉笑怒骂，掀起一阵又一阵妖风。那年冬天，我约他线下见面，还叫上几个志同道合而又未曾谋面的文青们聚个餐。我让人从仙居带来两只三黄鸡，并手忙脚乱地筹划着亲自下厨给大伙儿做鸡汤。

那天傍晚，他突然出现在我的面前时，我吃了一惊，这跟想象中的文人形象反差太大：五短身材，不胖不瘦。板寸头，嘴里叼着一根烟，看到人就眯着眼睛、放肆地笑着。天还没冷，他就戴着一顶棒球帽，上身着宽大的夹克衫，挎着一只不知品牌的斜背包。下身穿牛仔裤，球鞋擦得很干净。逮住人就拥抱、蹭脸皮，显得十分热情。要是在火车站遇到他，我会误以为是个皮条客。

那晚，我们一见如故，边喝边聊，聊到十二点多，把鸡骨头啃了一遍又一遍。

“鸡汤会”以后，我跟阿扎各奔东西很少见面。大部分时间，我们是通过手机和 QQ 在沟通。他的感情世界丰富而又容易受伤，虽然表面看起来落拓不羁，但有时候也是玻璃心。因为从小成长环境的影响，容易陷入恐惧和不安。阅读写作与宗教，就是我们寻找心灵庇护的唯一方式。特别是写作，总能为我们编织活下去的理由。由于年轻气盛，抑或是年少无知，我和阿扎一有空就大聊特聊尼采的超人哲学。超人哲学读起来很带劲。那时我特想改变生存的状态。虽然混成狗一样，但我还是一本正经地鼓励他要时刻保持战士的状态，不仅要向世俗、痿人宣战，更重要的还是要顽强地活下去。

“听说你变圆滑了！”三年前他在我的 QQ 上打下这句话。“人嘛，总得转型升级嘛。”我无耻地回了一句。

从此他孤独地过上了苦行僧般的生活。这么多年来，我经常听说他独自一个人背着包跑到哪个说不出名字的山旮旯里，啤酒一瓶、花生米一袋，有些像菩提树下枯坐思索的佛陀。

后来听说，他又回西藏朝圣了，给我发来一大堆蓝天白云、碧水古寺的照片。每到一个地方都要留一张标志性的神秘背影。

一开始我不禁大笑，没想到一向独来独往的烟圈同志也不甘寂寞，跟一帮伪文青混到一块，搞不好在艳遇墙还混出了名堂。

所以当他在无人区的黄沙路上孤独地行走时，我懒得理他，我在淡定地写着八股文。

当他在大昭寺虔诚地跪拜时，我懒得理他，我在淡定地写着八股文。

当他数次遇险，死里逃生，涕泪横流时，我还是懒得理他，我还继续在淡定地写着八股文。

当他在凤凰读书等多家媒体刊登他的《西藏往事》系列时，我猛地吃了一惊，这真的是他吗？

我突然感动起来，这么多年过去了，我已经变得粗俗不堪、圆滑世故。而阿扎却依旧纯洁得像个孩子，文笔依然灵动、接地气，对现实依然保持着怀疑和批判，对底层人物依然怀着浓浓的大爱。在他的笔下，每个人物都是那样的温暖，那样的有血有肉，那样的朴实、可爱。文风依稀可见沈从文的影子。

他有信仰，但是不惹人厌烦，不像有些所谓的修道人士那样两眼直直、道貌岸然、神经兮兮，一副不食人间烟火的样子。

他极其反叛，但是不故作高深、扭捏作态，浑身上下透着浓浓的西部泥土味。

细细读完阿扎的书稿，我家的女文青在一旁笑我：对比现在的他。我认为你以前像一条狗，现在就是一条狗。

是为序！

竹子山人王斌　丙申年四月初九晚写于灵湖北岸

序二 先媚世俗 后达理想

我认识很多经历奇特个性丰富的人，这些人的成就非一朝一夕所成，而是日积月累，厚积薄发。

翻开阿扎的书，一探其内心深处，我蓦然被他这十年来的执着所感动。

他本是个内敛不善于表达自己真实想法的人，在我眼里，昔日一个腼腆的男孩，如今已成长为一个顶天立地真正的汉子。

我为他的这份改变而惊讶，也为他的这份努力而喜悦。

数年前，我曾多次与阿扎交流，不论是生活态度上，还是行事风格上，阿扎一如既往的尖锐，不妥协。

在他饱经风霜的故事里，我一页一页地看到了他的沉默、思考与沉淀。

这是一个快餐文化与功利主义盛行的时代，人们吸取着现成的知识，生活在灯红酒绿的荒漠里。有多少人能理解一个一定要在生活中寻找自己答案的执着呢?

阿扎的故事就如一个个佛教经书里的小典故，平淡朴实，真实细腻，每次读完后，总会去思考一些想抓又抓不住的东西——他想表达的到底是什么呢?

能够让我们引发思考，这正是他所希望的。

阿扎用他自己的方式去寻找追逐他苦苦思考的信仰与梦想。

这条路，我们没有走过，更无法想象路途的艰辛与孤独，

他爱音乐，爱手鼓，爱旅行，爱阅读，爱摄影，爱写作，爱思考，他善于发现并挖掘新鲜的事物、新奇的想法，并将之分享给别人。

他也曾摆过摊，卖过艺，打过架，砸过酒吧，爱恨分明，嫉恶如仇，与每一个遇到的人都打得一片火热，他用他的真诚，他的勤奋，赢得了身边每个人的尊重。

这个世界上，总会出现一类人，他们的生活模式、思维模式与朝九晚五格格不入，却也活得有血有肉，自由潇洒。这个世界，这个天地本就应该是百花齐放，丰富多彩的。

就如阿扎所说，不论在哪儿生活，心在，西藏就在。让我们耐心品读阿扎新著，走进他的内心世界吧。

天台山桐柏宫 钩玄轩主

目录

c o n t e n t s

044

三个男人的那些事

我想起了那首歌：拉萨的酒吧里拉，什么人都有，就是没有我的心上人，她对我说，她不爱我，因为我是个没有钱的人；拉萨的酒吧里呀什么酒都有，就是没有我的青稞酒，一杯两杯，我也不会醉，因为我是个大酒杯。

057

见与不见

你我相见即是缘，你我离别，也是缘，缘起缘灭，就如日升日落，本就是天地间的理，又何必执着于见与不见呢？

076

把汤喝完

他想明白了一件事，你以为你在人群里一呼百应，你以为你的身份地位钞票给你带来的是别人永远享受不到的尊严，而一旦你失去这些，你是谁？你是什么东西？那些靠物质换来的尊严，都是屁。

067

神的孩子

他们跟我们一样，执着并热切地想了解这个世界。但是，我却什么都给予不了他们。离开西藏的时候，我感觉特别的遗憾，这些对生活充满了期望，渴望外面世界的孩子，我希望，他们有一天能跟我一样，去看一看这个世界。

去西藏很廉价，文青们只需要花800多块钱坐火车两天就能到拉萨，背着一年也可能用不到一次的单反，对着朝拜的藏民与布宫拍上几张照片，然后在朋友圈里大喊，我终于来到了西藏，我的梦想终于实现了！然后沉醉于各种钦佩与羡慕。

「阿沁，你为什么要帮我呢？」

拉姆阿沁从包里拿出一包馕塞给我，「你不是第一个，也不是最后一个这么问我的人，我们藏族人就是这样的，遇见有困难的人就帮忙，人活着不就应该这样吗？」

118

色即是空

我开始酗酒，但没有什么用。然后找各种事情做，洗了一遍的衣服重新再洗一遍，床头的《圣经》倒着念，去寺庙找僧人和居士聊天。我试图通过宗教来寻求生存的答案，依然无功而返。

108

岚 子

獒再一次救了岚子，岚子跪倒在康珠尸体旁，泣不成声。他发誓他这辈子宁可孤独到老，也誓要陪伴獒走完这一生。

放下

老敖说，其实他不知道去哪儿，只是随遇而安地继续走，然后在公路边遇见了一个独自放牧的藏族少年，就屁颠屁颠地跟在他后面一起放羊，一起风餐露宿，一起跨过雪山和草原。他说他很开心，很多年没这么开心了。

前段时间，六子从黄山特意赶到台州来看我，还带了几盒他老家的茶叶。酒桌上，我跟六子天南地北地海聊，突然六子感慨了一声，给他续上酒，我问："你 Y 失恋了？"

六子满脸纠结地说道："失恋算个 P 啊，前几天工作时，我的相机不小心进水了，没备份，里面好多照片全废了，想起来就心疼可惜，唉……"

"我还当是你跟哪家小姑娘夜黑风高被父母双规，就这点小事。没了就没了呗。"我喷出一口烟，"身外之物，缘尽于此。"

六子反问："我记得春节在西藏时，你的狗 4 也丢了。你一路徒步的照片视频也全部没了，大片做不成，你不心疼得死去活来？"

我忙摆摆手："心疼是肯定的，但是后来也想通了。"

"来来来，具体说道说道，让我也学习学习如何放下。"

干了杯中酒，我眯着双眼，开始回忆起那趟旅程。应该从哪里说起呢？对了，就从拉萨开始吧。

在拉萨过完春节和藏历新年后，我跟晓荣一行好友打招呼，独自再去趟山南转几天。老敖跟我同行至汽车站，随后，他前往日喀则，我前往山南。

老敖是一个资深摄影师，第一次进藏，因缘巧合下，我结识了他。话不多，精练，憨厚，是我对他的第一印象。老敖跟多年前的小路一样，对西藏一无所知却心生向往，于是跟着心，来到了西藏。车上的四川司机问我：你朋友怎么不和你一起去山南，我看你们两人背着包以为是一起的。

我笑笑。

每个人都有自己的路要走，不需要强拉着对方去走自己想走的路。

这是自私，不是友情。

两天后的凌晨，我到达了桑耶寺，朝圣后，继续前往青朴。出发前的晚上我跟老敖通了电话，他去了江孜，去了日喀则，然后继续向珠峰方向前行，他向我展示了他的干粮，一大袋的馒头。老敖说其实他不知道去哪儿，只是随遇而安地继续走，然后在公路边遇见了一个独自放牧的藏族少年，就屁颠屁颠地跟在他后面一起放羊，一起风餐露宿，一起跨过雪山和草原。他说他很开心，很多年没这么开心了。

其实，我看得出来，老敖也是个有故事的人。我不会刻意问他的事，也不会刻意去猜，他只是需要一个人的空间跟时间，正如我。

本质上来说，我和他是同类人。

前几次进藏，我都带着太过强烈的目的性，这一次，我非常随性地放空自己的心。

所以，我只是叮嘱他一定要注意安全。老敖正处在旅行中最淳朴最轻松的状态，这个时候不应该过多打扰。

我突然又想起了豆豆。那个萌到天然呆的金华妹子。天真烂漫而无邪，一个相信世界永远美好，相信路上遇见的都是好人的妹子，就如天下无贼里的王宝强。因为在贴吧咨询青海跟西藏的相关问题，我纠正了她的错误路线由此相识。

因为豆豆的性格，晓荣一直私下跟我抱怨，怕她遇人不淑，然后性情大变，由爱生恨，变为新一代的白发魔女。两人也因为此事经常三天两头的斗嘴。我跟老敖也乐得在旁边边喝酒边看他们气急败坏的可爱劲。

我跟晓荣说："我不会去给她洗脑。告诉她，这个世界真的很危险，很险恶，人心坏得很，一定要保护好自己，不能相信任何人。如果人心真险恶，那我不知道死在路上多少次了。相信这个世界美好，正如相信自己内心的美好。这是一种信念，是值得尊重的。所以，你跟她这么多年的朋友，不如多费点心来保护她的这种信念，岂不更好。哈哈！"

"站着说话不腰疼，我快成她老爸了！"晓荣盘腿坐在沙发上，继续捏着佛珠闭眼打坐。

晓荣，我习惯叫他逗比荣，离家出走，厌恶内地的生活环境与三观，深埋在中国西藏边境，发誓永不回内地，独自在尼泊尔呆了好些年，成了一个专业的尼漂倒爷，常年穿行在加德满都与拉萨之间。有个心上人，马来西亚的妹子，一见钟情后自此无法自拔，因各种现实无可奈何。喜研佛法，又不得其法，但内心虔诚，过早地脱掉了 90 后的稚气外衣。

不论是豆豆还是晓荣还是老敖甚至是我,我们都有各自放不下的人,各种放不下的事，所以，我们需要旅行，需要行走，需要更多更多的美好，需要更多更多赋予自己生命意义的信仰。

豆豆回到了金华，交了个新疆的小男友，应该逐渐遗忘那个不淑之人了吧。

老敖回到了深圳,继续为他的摄影事业挥洒汗水,依然保持着神秘,有时候微信会偷偷问我，阿扎，我在东莞哦，来玩不?

逗比荣留在了拉萨，跟着岚子一边学中医一边继续研习佛法，素食大半年后的某天，他苦笑着告诉我：阿扎，我今天吃了个鸡腿，感觉整个人生都要完蛋了。

看着六子苦苦思索的神情，我继续给自己倒上酒。

“是不是从头到尾都没听我提到摄影机 3 个字？”

“确实从头到尾都没提到，可是，我怎么感觉你一直在暗示什么，就如同我想抓住眼前的酒，却老是被你喝完。”

“还没说完呢，不要急。”我给六子倒上酒，点了根烟，继续讲述。

出发前，我带了两块石头跟一幅画，是前女友留下的。

第一块石头，我跟豆豆一起，把它留在了哲蚌寺的晒佛台前，我用摄影机记录下来豆豆站在佛台前，面朝拉萨挥洒风马的那份美好。

第二块石头，我和逗比荣、老敖一起，伫立在拉萨河边，在他们的鼓励下，我用尽全身的力量把这块视若珍宝的石头扔进了河里。

我把最后一幅画贴在了拉萨家中的墙壁上，每次有新朋友过来时都会问，这画真好看，是谁画的？那个时候我已经不在拉萨了，但是我相信晓荣会跟新朋友继续讲述关于我，关于老朋友们的故事。

我不知道自己是不是真的放下了。

一直到摄影机丢失后，我一个人呆若木鸡地坐在青朴的山头，望着远处的雅鲁藏布江，那时的心情比逗比荣吃了鸡腿还痛苦。你是摄影师，所以这一点你绝对懂。

六子点了点头："没错，相机就是命根子。"

下山后，我去派出所报了警，几位警察同志很努力地帮我找回机子。我留了我的电话，那时已经没有任何心情走下去了，我只想回拉萨。

于是我搭车回到了泽当，然后返回拉萨。到家里已经晚上 10 点了。

朋友几人都安慰我，以后可以拍出更棒更好的大片。我都不知道自己以后会不会有这个机会。

后来跟岚子提起此事，岚子只是轻描淡写：“纠结个 P 啊，不就一个破摄影机吗？身外之物而已，当年我一个人穿越可可西里，拍了几十 G 的片子跟照片，后来忘记放哪儿找不到了，我都没觉得有啥。你是不知道可可西里的星空，真是美啊，抬起头，那银河看起来就好像是真的银河一样。”

我没注意岚子的最后一句话，但是刹那间，我冷静了下来。

“然后呢？”六子追问，“然后就放下了？”

然后我就更痛苦了，我不甘心，我一定要拍出更好更棒的大片。于是我又重新买了部狗 4，开始策划单人徒步狼塔的路线。因为目前有关狼塔的影像资料很少，而且都是很零碎的东西。一箭双雕！

“我靠，原来是这样，我还在纳闷你 Y 的怎么突然就疯了似的，竟然要单人走狼塔。那么，最后你到底放下了没有啊？”

“看来，你还是没懂啊。”

“等等，有点喝多了，让我脑子缓缓。”

“老敖到拉萨火车站时，拥抱了我，说：‘相机丢了无所谓，最重要的是拍下来的东西是不是能在你心里记一辈子。’”

“靠，我懂了！”

“懂了？懂了，那就喝吧。”

“我就喜欢你Y一本正经地胡说八道，喝！”

◎ 我们总是喜欢赋予各种东西各种意义，然后因为意义的存在而引导自己坚强地走下去。以前东西坏了，我们会修会补，现在，我们只会无情地丢弃。

我生命中的
那条狗

它病恹恹地趴在我身边一声不响。燕子好奇地问我："阿扎，这狗是谁的？"

"这是我以后相依为命的兄弟。"

很小的时候在临海老家养过一条土狗，很瘦弱，很普通，很听话。狗的名字因为太过久远已被遗忘，但那是我童年为数不多的一抹颜色。

从小到大，我从来不吃狗肉，也极度厌恶身边吃狗肉的人。因为每次都会想起那条陪伴了我整个童年的狗，它那可怜的温顺的眼神，不停地用舌头舔着我的小脸的欢愉。

你会吃你朋友的肉吗?

30 岁的时候我以为彻底忘记它了，却依然能清晰地感受到它传递了 20 多年的温暖。

它是我生命中的第一条狗。

在鲁朗，我遇见了第二条狗。

那天，通麦大桥刚抢修完毕，千辛万苦搭到江师傅的车有惊无险地通过排龙天险抵达鲁朗后，疲惫不堪，决定在鲁朗停一天。

就在那个阴雨绵绵的清晨，我独自一人坐在旅店门口抽烟。几个骑友正在旅店门口打包整理行囊陆续出发。我发现一条全身白毛的土狗咬着最后一个出发的骑友裤脚，死死不放。

“哥们，这狗是你们带过来的吗？”我很好奇，扔了根烟给他。

“是啊，它叫小虎，在芒康路上捡的，看它饿得趴在路边怪可怜的，喂了点吃的就死死跟在后面，想来想去就带着吧。”

“牛逼啊，芒康过来可不少路啊，加上通麦那，昨天塌方那几段够你们受的吧，听说上星期有一个徒步的哥们在那被石头砸到头死了，貌似是北京的，人都吃不消，这狗竟然还能跟得住。”

“它也是顽强，我们几个过排龙那会儿都自顾不暇，稍微大意点，小命就没了，没想到它竟然溜得比我们还快，独自跑前面等我们，”骑友爱怜地摸了摸狗，“但是前面就要翻色季拉山，小虎的脚有伤，我怕它半路万一抗不住会冻死在山上，想想还是把它留在鲁朗吧。”

“好了，小虎，你好好留在这里吧，这个镇子饭店多有剩菜剩饭，你饿不死，哥哥往前走要翻一座大雪山，真带不了你，听话！”

小虎还是咬着裤脚不肯离去。骑友叹了一口气，把狗抱起来示意交给我，我连忙一把把狗抱进怀里。

“兄弟，麻烦你走前照看下小虎，我得走了，记得千万别松手。”

“放心吧，一路顺风，拉萨见！”

“拉萨见！”

望着骑友渐渐远去的背影，我死死抱着不停挣扎的小虎，心中百感交集，就在我分神的那一刻，小虎突然发力，挣脱出我的怀抱，发疯一样地往骑友离开的方向冲去。

我傻傻地看着它消失在雨中，默默地点了根烟。

没过一会儿,那个骑友又带着小虎回来了。我连忙上前一把抱住它。“哥们，这狗舍不得你，要不你就带着它去拉萨吧。”

“我知道，就是因为舍不得我才不想让它死在雪山上。哥们，再帮个忙，把它关进房间里就好了。我得抓紧时间了，不然天黑前到不了下一站。”

骑友最终还是走了。

我知道如果换成是我，也会把小虎留在镇子里。因为我无法保障它的生命，也无权带它走上我自己要走的路。

即便它只是条狗，一样是一个值得尊重的生命。

我和小虎都留在了鲁朗，它病恹恹地趴在我身边一声不响。燕子好奇地问我 :“阿扎，这狗是谁的? ”

“这是我以后相依为命的兄弟。”我说。

在鲁朗停留了两天，我得继续上路了，走前，我打算从镇子的最东边磕长头至最西边，不为别的，只为一路上共同梦想的兄弟姐妹祈福，愿平安到达拉萨。

小虎不知道什么时候出现了，远远地跑过来不停地舔着我的手，难道，它感觉到我也要离开它了吗！

我跟燕子、小路商量，如果要带小虎徒步搭车到拉萨，必须要准备一个纸箱，且要经过搭车车主的同意。但是无论是徒步还是搭车，难度都会无限加大，没人会喜欢一条脏兮兮的流浪狗上自己的车，考虑再三，我们 3 人决定还是把小虎留在鲁朗。

这是最人性的选择，也是最现实无奈的选择。

燕子知道我很喜欢小虎，很想把它带到拉萨，但是燕子提醒我，在路上我们谁都不能打包票保障自己，如何去保障它呢？即使带到了拉萨，你又该如何去安顿它呢？带着它不是害它吗？

其实，我也知道，在 318，在西藏，有太多太多这样的流浪狗，无家可归，到处流浪，只要路人给一口吃的，就会感恩戴德把路人当作救命稻草，一路跟随。燕子说得对，如果无法完善的安顿，就不要给它们一个无法兑现的承诺。

旅店老板刚好要去八一，让我跟燕子三人搭他的车走。背起行囊，我环顾镇子四周发现小虎不见了。

“走吧。不要看了，既然选择了就不要心软。”燕子把我的背包塞进车里。

“阿扎，阿扎，你看车后面是什么。”开出两三公里，我正准备闭眼休息时，燕子推了推我。

我回过头，刹那间热泪盈眶。

小虎追着车后面不停地跑，不停地跑。

“傻狗！”我眼泪不停地往下掉，但是我知道不能让车停下，因为我给不了它未来。

车越开越远，小虎没力气了，站在远处的山口，向我遥望着……

一路辗转终于到达了拉萨。

在拉萨，我惊奇地遇见一条与小虎长得一模一样的狗，我知道，它不是小虎。我坐在布宫前拍摄日出，它就那么自然地走过来，靠在我的腿上，沉沉睡去。一人一狗，就这样互相依偎相对无言，直至日出。

多年后，每当夜深人静的时候，我依然会翻开旧相册看着这条傻狗。我不知道小虎如今是不是还活着，画面已经永远定格在了那个山口与那个阳光明媚的下午。

◎ 其实，跟流浪汉最搭配的CP不是民谣，

不是诗歌，不是远方，而是它。

无人区

我以为我是不愿与群人共用一个水槽的贤者，着急地回到属于自己的沙漠，就会寻找到幸福。

我以为最牛逼的就是一个人干了所有人不敢干的事。

我以为查拉图斯特拉的离群索居是必然的。

我以为我再也见不到你们了。

（一）

在狼塔户外店做救援备案的时候，我在紧急联系人一栏犹豫了很久，最后还是写下了父亲的名字与电话。

其实我知道，对于狼塔而言并没有什么意义。

孤身一人，背着将近50斤的背包，从浙江千里迢迢地来到新疆。

这里我不认识任何人，也没有任何人认识我。

而每年都有数不清的陌生人，走进数不清的陌生城市，走进无人区，也有数不清的陌生人，再也没有出来过。

坐在店里规划线路，来了几个浙江的老乡。他们3人正准备出发去狼塔，前来购买气罐与鞭炮。

三人之一的华哥得知我第二天独自出发，问我是否愿意跟他们同行。

我微笑着婉拒了。

一如独自行走在西藏时的心情。

我真是个顽固的人，我不止一次地对自己说。

亦如当年顽固的大哭不买到喜欢的玩具就坐地上不起来的我。

那年生日，与父亲一起伫立在望江门桥边眺望灵江。回来时，父亲喝醉了，开着摩托车重重摔了一跤，我守在醉醺醺的父亲身边一直哭。

当时，我只想着，没有了他，我一个人该怎么办。

我不仅是个顽固的人，还是个极度顽固的人。

10 多年后，我说我要去西藏。父亲说，去吧。然后默默地帮我清点准备需要的装备，并且帮我一起规划路线。

第二年，我说，我要辞职继续走西藏；第三年我说，我要徒步318；第四年，我说要回拉萨过年；第五年，我说要徒步青海湖；第六年，我说我要单人走狼塔。

父亲几乎从来没有反对与阻止过我想做的事，我想去的地方，我想完成的梦想。

这是全天下几乎所有父亲都难以做到的。

虽然没有哪个父亲愿意让自己的儿子去送死。

我有先天性心脏病，医生说，不能剧烈运动，不能去高海拔地区，不能做任何危险的事。

然后我走遍了整个西藏。

然后我走完了半个青海。

然后我走过了大半个中国。

然后我要一个人进入中国最危险难度最高的狼塔。

我知道，没有他，我只是一个意图展翅高飞却只会重重摔在地上的雏鸟。不论是我的户外求生技能，驴友的心态与理念，还是摄影的构图与主题，作品的淡薄与深刻，都离不开父亲的言传身教。

我一直想摆脱他的束缚与捆绑，却又不自觉地受到他的影响。

这或许就是一种羁绊。

每次出发前，都是父亲送我到车站。每次活着回来也是父亲来车站接我。

有时候我会觉得很微妙。

从某种角度上来说，不似父子，更似肝胆相照的兄弟。

当所有人都反对我去找死时，父亲用了一个月时间研究透了狼塔的所有路线难点与各类相关的资料。

“台河每年七八月份雨季水最大，10 月水会小一点，但是一样要带救生绳。”

“雪的厚度一旦漫过鞋，冰爪作用就很小，根据天气判断重要性排后。”

“翻白杨沟达坂前最好休整一天，根据天气与体能判断是否继续走下去，因为翻过达坂后只能继续往前走，没办法原路返回。”

“河水一定要烧开了喝，草地的雪不要吃，会有动物的粪便病毒，缺水就吃树上的雪，干净。”

“只要天气好，太阳能电板记得时刻挂在包上，手摇发电器 10 分钟可以冲飞行模式的 5% 电量，这样就可以保证雨雪天随时开着卫星定位。”

出发前的那段时间，父亲每次都会不厌其烦地跟我告诫种种危险的地方。而我则是一如过往地厌恶这种父宝男的感觉。因为父亲说的我都懂，我都知道。这些基本的户外生存技能与各类装备的使用对我来说驾轻就熟。

我一直认为自己是一个天不怕地不怕的爷们。

我很坦然地写好了遗书，然后去完成我的每一个梦想。

我的运气不错，每封遗书都没有机会让任何人读到。

遗书也从多年前的洋洋洒洒几千字，到现在的 11 个字。

“老子只是不想跟你们玩了。”

对于父亲，千言万语，却真的不知从何说起。

（二）

蚊子走前给了我一个大大的拥抱。

我曾经一度以为他是GAY。后来我才知道他受西方教育多过中式教育。

他是我见过的最闷骚的男人。

真的。

还记得蚊子跟我说过，如果我回不来，他以后也不想再和其他的驴友一起走了。

这几年每次户外拉练，我都会把蚊子拉一起，然后把一个细皮嫩肉的小鲜肉活生生地锻炼成了一个爷们。

有一次夏季登山，蚊子自告奋勇负责前方打草惊蛇，我负责路边树上的蛇虫，然后他用两根登山杖足足打了28公里的蛇。

他说，他割了28公里的水稻。

我说，去你大爷的，我打了28公里的枣。

我就想不通，为什么他会独守空房这么多年，仅仅是因为物质条件抑或性格脾气的原因？

阿江，我在乌鲁木齐白桦林认识的兄弟。

他说我跟他一起的两天时间里，我提到最多的就是结婚二字。

我说，彼此彼此。

阿江的经历和我比较相似，走了不少危险的地方，也有过多次生死经历。

阿江有个追了他 11 年的姑娘。他在犹豫这次喀纳斯走完要不要回去和她结婚。

我说，你 Y 就是欠的。11 年还没收走你？

阿江正处于浪子归心的过渡阶段，尽管我的狼塔点起了他内心熊熊烈火，他信誓旦旦地说，结个 P 婚，再走几年！

我内心满是内疚感，真想一下跪在那个姑娘面前。

阿江给我看了她的照片，嘴里说着不想回去，却是满脸幸福。

“走得多了走得久了以后，有一点不好，就是妹子们觉得我们这种喜欢漂泊的人特别没安全感不靠谱。你知道为啥吗，阿扎？”

“其实，恰恰相反，你想想，我们走过大山大河，见过大风大浪，受过各种各样的诱惑，遇见了各种各样的人，喝过各种各样的酒，睡过各种各样的床，这才是真正的活过。这样的男人一旦归心，比谁都有安全感，丰富的阅历，强健的体格，坚韧的意志，过人的胆魄，她们不懂而已。”

离开前，阿江要跟我约，我说明年如果我们两个都还是一个人，那就一起去鳌太继续找死。

是他送我离开乌鲁木齐的，从青旅到火车站，从安检的三道门到凭车票入内的最后一道门。

（三）

在乌鲁木齐火车站，靠墙席地而坐，我打量了下自己，还穿着狼塔出山时的衣服，落魄得不行。裤子被划破好几道口子，衣服上还有血渍，鞋子满是灰尘，背包上挂着在山里采的几朵蒲公英。

看着人来人往的候车厅，不远处，一个长发飘飘的妹子正歪着头玩游戏，时不时哈哈大笑；厕所边，一个忘记拉上拉链的哥们大大咧咧地走了出来；检票口，美艳性感的检票员被一个大叔追着加微信。

我舒心地一叹，活着真好啊！

我以为自己是孤独的，会一直孤独下去。

我以为自己是不怕死的，拿枪顶着我也不会腿软。

我以为人应该是独居动物，而不是群体动物。

我以为我会一直走下去，走到走不动的那一天，然后含恨死在没有人迹的哪里。

我以为我是自私的。

我以为我一个人进了无人区,就如不愿与群人共用一个水槽的贤者，着急地回到属于自己的沙漠，就会寻找到幸福。

我以为最牛逼的事就是一个人干了所有人不敢干的事。

我以为查拉图斯特拉的离群索居是必然的。

我以为我再也见不到你们了。

可是都没有。

我还活着，我还拥有活着的一切，我还与那些不离不弃的朋友们吹着该死的牛，我还可以回来告诉父亲，长江后浪推前浪，我还可以带着自己的爱人去更多更漂亮更美好的地方，带着子孙重新再走一遍当年我曾经走过的路,我有大把的机会还能从头再来一遍,我的未来不可限量。

可，我就是不想再独自一人呆在无人区了！

如果没有被呼图壁河水冲走，如果没有从羊道摔下，如果没有那头对峙了整整一晚上的狼，如果没有遇见从白杨沟达坂撤回的华哥三人，如果没有不肯听从他们的劝说，不愿回撤执意向前，如果没有走过那么难走的路，如果没有去过狼塔，如果没有死过，我根本就不懂得，原来，活着，就是最大的幸福。

我不愿再孤独一人，即使这座城市是座万年风吹的孤寂沙漠，即使

那些离我而去的人如何伤我百遍，即使世人再如何负我千遍，即使我会继续孤独万年，我也愿屹立于此，善待世人，昂头挺胸。

以此，纪念狼塔无人区里的五天四夜，以及已经死去的另外一个我。

◎ 有时候我在想，待在繁华的都市里，会不会比待在万径人踪灭的无人区里更加危险。

格桑梅朵

就如同我说的，发生在西藏的美好回忆，就把它留在西藏吧。

就如格桑花般，花开亦花落。

记得是几年前，新都桥外的 318 上，我被路边盛开的野花所吸引，一朵朵洁白如雪的花朵延伸至地平线，如同花海，让人心醉。

同行的姑娘好奇地问我，这是什么花啊？好漂亮，却又觉得很朴素。你知道吗？

我告诉她，这叫格桑梅朵，也叫格桑花，是一种生长在青藏高原上的野花。

她似懂非懂地点了点头，然后背着包继续前行。我摘下了一朵格桑梅朵，递给她。她转过头，看到残缺的梅朵，并没有接下，只是对我说："要送花给姑娘也要挑朵好的吧，你看这花，花瓣都没了一片。"

确实，最美的梅朵送给最美的卓玛，可是残缺的花该何去何从？难道注定要被路人遗弃才会逃过被采摘的命运？

我对她所表现的态度感到失望，想象中，她应该开心地接下这朵残缺的格桑花，然后对我甜甜一笑。

可是，她没有。

这只是对格桑花的一种寄托。

格桑花秆细瓣小，看上去弱不禁风的样子，可风愈狂，它身愈挺；

雨愈打，它叶愈翠；太阳愈曝晒，它开得愈灿烂。它就是寄托了藏族期盼幸福吉祥等美好情感的格桑花。在藏族人眼里，格桑花也是高原上生命力最顽强、最普通的一种花。

它简单，它朴素，却也孤独，孤独于无真正懂它之人，它在藏区随处可见，它被无数游客拍照留念，它舒展着八瓣花瓣，盛开在西藏最美丽的季节。

那一年，在扎什伦布寺，偶遇上师，我望向寺院角落的格桑花问他，为什么世人看到花开而欢喜,看到花落而失落？上师说："其实花开花落，皆只是万物循环，如同日升日落，如同冬暖夏凉，都只是天地万物循环运转，花无所谓开，因为很快就会凋零，花无所谓落，因为会再开，人们只沉迷于万物表面，却忽视了天地间最简单朴实的道理啊。"

我与同行的姑娘在拉萨分别，从此不见。其实我一直想告诉她，格桑花的花语是：怜取眼前人。

但是一想到上师的话，哑然失笑，就止住了念头。

我忆起了同样在 318 相遇的燕子与小路两人。

燕子跟小路两人是在路上结伴相识相爱的，我一直很看好他们。离开拉萨时，我们约定好了去燕子的新疆老家喝两人的喜酒。

小路，在成都去康定的客车上，他操着非常不标准的普通话跟我打招呼时，我第一个念头就是这哥们不是日本就是韩国的。后来才知道，原来他是澳大利亚华人。

小路的普通话绝对是我这辈子听过最蹩脚的。

在康定下车后，小路跟燕子两人跟我投宿同一个客栈。他们两人是第一次进藏。

我与小路一见如故，在客栈大厅里喝着酥油茶，一直聊到午夜。

我是个很爱听故事的人，所以我对小路的故事充满了浓厚的兴趣。

小路出生在一个富裕的离异家庭，因为家庭环境的影响，小路从小性格孤僻固执。因为反对父亲的再婚，小路烧掉了父亲放在保险柜里的几十万美金，被禁闭在一个漆黑的房间里整整一个月，随后被孤身送到了澳大利亚，整整十年。小路与父亲见过面。走前，他父亲只是僵硬地对小路说：“你还我的钱！”

那一年，小路 12 岁。

澳大利亚由于汇集多大种族，随之存有歧视现象，尤其是亚裔，在当地经常遭受欺压。小路说他在澳大利亚，被黑人打了整整三年。一直到遇见2米高的JACK——当地黑帮老大的儿子，他的同学。JACK是欺负小路最凶的一个。因为他们家族势力庞大，小路一直敢怒不敢言，在忍无可忍后,小路选择了跟JACK单挑,被送进了医院,颈椎受伤严重。出院后，小路只对JACK说了一句话："总有一天，我会战胜你！"

一次学校治安突击检查，小路发现了JACK背包里的违禁品，他并没有抓住这个机会扳倒JACK，而是把他的背包偷偷塞进了另外一个欺负他的黑人桌子里。

事后，JACK知道是小路救了自己，他问小路为什么要救他。小路咬着牙说："我只是想亲手战胜你，所以你不可以进牢里。"

然后，小路再次遭到了JACK一顿打。但是从此以后，JACK成了小路的生死之交。

小路的故事讲到这里的时候，他停下来深吸了一口气。

从此，小路不再受任何欺负，因为JACK总会在背后默默帮他摆平。小路是自尊心非常强的人，他得知JACK背后的援手后，跟JACK大吵了一架。JACK是个很有性格的黑人，他把小路再次打了一顿。但是两人的友情依然牢不可破。

“你知道我在十年后为什么会回来吗？”小路递给我一根烟。

“爱情。”

“没错。”小路摸了摸头陷入了沉思。

小路在澳大利亚认识了一个中国女留学生。两人爱得刻骨铭心。她毕业后即将回国，就问小路，如果我回去，你会一起吗？

小路当天就买好了两张机票。

“阿扎，你猜回国后，我跟她怎么样？”

“分手了。”

“你怎么知道的？”

“因为没有分手，你跟燕子就不会坐在这儿。”

“哈哈哈……”

我跟小路、燕子三人相视大笑。

小路告诉了我回国后的事。回去后一个月，她嫁给了另外一个男人，同时邀请小路参加婚礼。

在婚礼进行到一半时，他偷偷跑出来，漆黑的夜，他一个人在公园里止不住地痛哭。

“然后，我遇见了一个老人，他并没有问我为什么哭，他只是告诉我，你去一次西藏吧，你把自己丢了，你需要去那里把自己找回来。”

“然后我就出发了，出发前认识了燕子，结伴而行，再然后就认识了你。”

从小路的故事里，我看到了他的坚韧，他的倔强，他的固执，他的孤独，我仿佛对着镜子，看到了自己。

到拉萨后的第一个晚上，我喝醉了，我抱着酒瓶对小路和燕子说：“318 是条神奇的路，有很多情侣在走完后因为发现彼此的缺陷而分手，也有很多陌生的你、我、他，却因为缘分而走到一起。你看我们在然乌遇见的那对情侣，男的背着两三个大包，身后跟着一个美丽的女孩，谁能知道他们已经分手了。男人为了圆女孩的西藏梦，无怨无悔地挺身在前，为她遮风挡雨，一路陪她走到拉萨。你知道我怎么想的，我真羡慕啊！所以你们两个一定要好好的，明白吗？”

可惜，事与愿违，燕子告诉我，不久前，她跟小路大吵了一架，小路要去纽约重念四年书，希望自己跟他一起走，或者等他四年。

燕子叹了口气，女人，能有多少个四年啊！

我只能沉默，沉默于命运的残酷与无情，沉默于所有有情之人的无能为力。

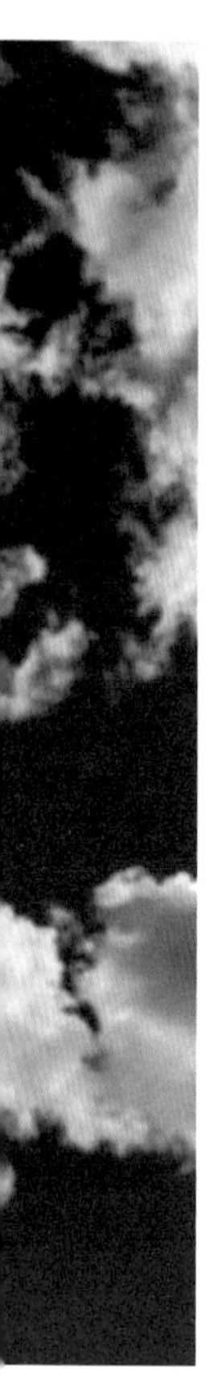

再后来，小路结婚了，而燕子依然独自一人。

就如同我说的，发生在西藏的美好回忆，就把它留在西藏吧。

就如格桑花般，花开亦花落。

◎ 万物分离，万物复聚，存在之环，永恒循环。如果说，生命的价值即使超越，存在的体系即使改革，万事都不过是格桑花怒放与凋落的一瞬间，那还有什么意思呢？

三个男人的那些事

我想起了那首歌：拉萨的酒吧里拉，什么人都有，就是没有我的心上人，她对我说，她不爱我，因为我是个没有钱的人；拉萨的酒吧里呀什么酒都有，就是没有我的青稞酒，一杯两杯，我也不会醉，因为我是个大酒杯。

（一）

理塘，中秋。

我在青旅吃饭，一饭一菜一汤，37 块。菜量很足，米饭大碗，我没有喝酒。因为怕高原反应。

店里进来一个抱着手拉杆行李箱的男人。浑身湿透，蓬头垢面，行李箱上满是泥泞。他叫了一碗蛋炒饭。坐在我旁边，然后拉开行李箱，从里面取出了帐篷，睡袋。

他点了根烟，静静地等待那碗蛋炒饭。外面雨很大。

他转过头看着我大口吞着米饭，我抬头对他友善一笑："哥们，去哪儿？"

"拉萨！"

"一个人吗？自驾？"

"一个人，纯徒步。"

"哥们，别告诉我你一路抱着这个行李箱走到这儿。"

"你猜对了，呵呵。"

我一脸黑线，在我确定他不是开玩笑后。

“为什么不准备个大的登山包呢？”

“路上遇见个姑娘，第一次进藏，一个人拉着这个箱子，半路滚轮坏了，我把我的背包给了她，她把行李箱给了我。”

他接过老板递过来的蛋炒饭，“容我扒几口，好几天没吃到热饭了。”

我给他盛了一碗番茄汤。

“谢谢。”他擦了擦嘴，“是不是觉得我很奇葩，呵呵，其实没什么，箱子的滚轮坏了，我只能一路抱着走，实在抱不动，就用绳子捆在背后走，这几天运气不好，一路雨夹雪，实在抗不住了打算搭车，竟然搭不到。走了好久才从高尔寺山到这儿。”

“那个姑娘呢，你把包送她，她没跟你一起？”

“没有，一面之缘，你懂的。”

“哥们，我服！来，为你的背包跟爱情喝一杯！”隔壁桌头上包着纱布的骑友笑呵呵地提了瓶啤酒过来。

那晚，他的帐篷摆在店里的大厅，第二天凌晨我起床时，发现他已经走了，问店老板得知，他是凌晨 4 点走的，为了能在巴塘赶上见那姑娘一面。

我突然想起陈奕迅的那首《背包》。

我一直觉得，这个抱着行李箱的男人一定隐瞒了很多故事。

（二）

工布江达，徒步川藏线的最后一站。

那天傍晚，我跟小路、燕子两人沿着尼羊河准备出县城继续往拉萨走。就在县城口，一个虎背熊腰的男人，背着鲜红的大背包，夕阳洒在他的身上。

狼头的出场彻底地震撼了我。

“哥们，还想往拉萨赶啊，别想了，我下午拦了三四个小时的车了，没希望，走吧，找家青旅歇歇吧。”

这是狼头对我说的第一句话。

我跟狼头睡在一个三人间，房间很干净，20 块一个床位，自从芒康开始，我没见过这么干净的床跟房间。

外出觅食归来后，狼头对我嘿嘿一笑：“阿扎，玩过笔仙没？”

“废话，天天玩。”我忽悠他。

“那正好，来来来，长夜漫漫，我们来玩玩。”

“呵呵，其实很久没玩了，你先说道说道。”

狼头利索地跑去楼下问店老板要纸，没纸，就弄了烟盒，接着买了一包花生，几瓶啤酒。

小路跟燕子听说我们要玩笔仙，比我们两人还激动。隔壁房间的几个骑友也过来凑热闹，加上房间里睡的另外一哥们，小小三人间，坐了六七个人……

仪式很隆重，狼头吩咐我们把灯关了，窗子打开，然后我跟另外一哥们先玩。

“笔仙，笔仙，你是我前世，我是你今生，如若现身，请快快显灵……”我们两人的两只手抓着笔，紧张得直发抖。鼓捣了半小时，还是没动静。

“我一直坚决反对迷信，你们太让我失望了，我去睡觉了。”小路快睡着了，起来穿拖鞋要闪。

狼头猛灌了一口啤酒：“换我来！他阳气太重！”

我跟狼头两只手抓着笔，互相面对着保持了半个小时，我感觉再这样下去，我跟狼头会擦出爱情的火花。果断停止了。

“咋办？难道是我的问题？”

“不怕，我狼头不是白叫的，看我的。”

然后我看见了狼头非常彪悍的一面。他裤子也不穿，套了拖鞋，提着啤酒瓶，开始在旅店里一间一间地敲门："睡了没睡了没，有没有人睡不着想玩笔仙的，来 303，赶紧的，没睡不敢来的是孙子！"

第二天，我们同狼头告别，约定拉萨见。这个威武雄壮的男人，环中国第二圈，自力更生，一分未花。

再次遇见他，是在八廓街的夜市。他在那儿摆摊卖他的小娃娃。

我告诉他，我要回内地了。

狼头说，他把娃娃卖完路费赚差不多也要出发去尼泊尔了。

好吧，狼头，有机会我们在罗布泊跟西伯利亚真正玩次笔仙——这是我跟他的约定。

（三）

第一次见到鞋子是 2006 年。

那天，跟车队的朋友到达拉萨后，在德吉路吃火锅。酒足饱饭，一个消瘦的男人背着一把吉他走到我们身边。他的胡子跟头发一样长，脸上有个让人不寒而栗的刀疤。

他取下身上的吉他，微笑着问我，老板，要不要为你们助兴一曲。

我原本摆摆手算了，车队里的一群人兴致不错，都喊他来一首。他兴奋地弹奏起手上那把破旧的吉他，粗犷的声音却唱出了独特的味道："拉萨的酒吧里拉，什么人都有，就是没有我的心上人，她对我说，她不爱我，因为我是个没有钱的人……"

那天，是我第一次听到这首《拉萨的酒吧》。我没有想过多年后会重新回到拉萨，也没有想过会再次遇见这个男人。

7 年后，我第 4 次回到西藏，回到拉萨。那天晚上在八廓街喝酒，一个人。

老板给我倒了一杯自酿的青稞，店里没什么人，只有一个男人孤独地坐在台子上弹唱。

"拉萨的酒吧里呀什么酒都有，就是没有我的青稞酒，一杯两杯，我也不会醉，因为我是个大酒杯……"

熟悉的旋律，熟悉的音线。我抬起醉醺醺的头，看到了那个男人脸上的刀疤。

我对那男人喊："哥们，7 年前我见过你，德吉路 XX 火锅店，《拉萨的酒吧》。"

那个男人放下手中的吉他，抬头苦思冥想了一会儿，然后他径直拿起酒杯坐我旁边："想起来了，7 年了，你竟然还记得我？"

我请他喝酒。

我终于知道了他的名字：鞋子。

我问他如何记得，他嘿嘿一笑，认真地告诉我："因为那天我只赚到了你的 10 块钱，当时我已经近两天没吃饭了，你的 10 块钱对我很重要，可以说救了我一命，所以我记得你。"

鞋子因为要赶场子先行离开，老板跟我讲述了他的故事。

鞋子，奔五的年龄，却还有着年轻人的疯狂。北京人，孤儿，从小不知道热，不知道温暖，酷爱音乐，长大后组乐队搞摇滚，因为心爱的女人劈腿乐队的贝斯手，大打出手，被砍了一刀，在脸上。随后离开北京四处流浪，洗过碗，摆过摊，讨过饭，吸过毒，坐过牢，最后在拉萨安定下来，他说拉萨能给予他的灵魂来之不易的安全感。

初到拉萨那几年，鞋子没钱，他卖唱，摆摊，什么都做，有时候运气好一天几百块，运气不好，分文没有就得挨饿睡大马路。后来遇见了我，就让他到酒吧里走场子，说实话他唱歌不算很棒，但是声音很独特，粗犷却又柔中带细，除了酗酒，其实人挺好的……

讲到这里，老板叹了一口气："人人都以为藏漂自由，潇洒，可谁会知道藏漂们心里的痛，眼里的泪啊？”

我问老板,为什么他叫鞋子。老板笑笑,扔了颗花生在嘴里:“那一年，他从北京走到拉萨，穿废了5双鞋，都留着，送给了路上认识的一个喜欢的姑娘，结果那姑娘心有所属，把他奉为珍宝的鞋全扔了，然后姑娘离开了拉萨，从此再未相见。”

最后一次见到鞋子是在大昭寺前，早起转经，我看见了他，虔诚地在寺前跪拜，眼神纯洁而又坚毅，我犹如看到了7年前那个坚忍不拔的男人。

我默默地坐在一旁看着他不停重复的动作，仿佛触动了我灵魂的某根弦。

抬起头，阳光猛烈而刺眼，同一个太阳，同一片天空，同一片土地，却是各自不同的命运。

我想起了那首歌：拉萨的酒吧里拉，什么人都有，就是没有我的心上人，她对我说，她不爱我，因为我是个没有钱的人；拉萨的酒吧里呀什么酒都有，就是没有我的青稞酒，一杯两杯，我也不会醉，因为我是个大酒杯……

◎ 她辞掉了工作，辗转去了新疆，去了云南，

会突然消失，会突然出现。

就如天边划过的一道闪电。

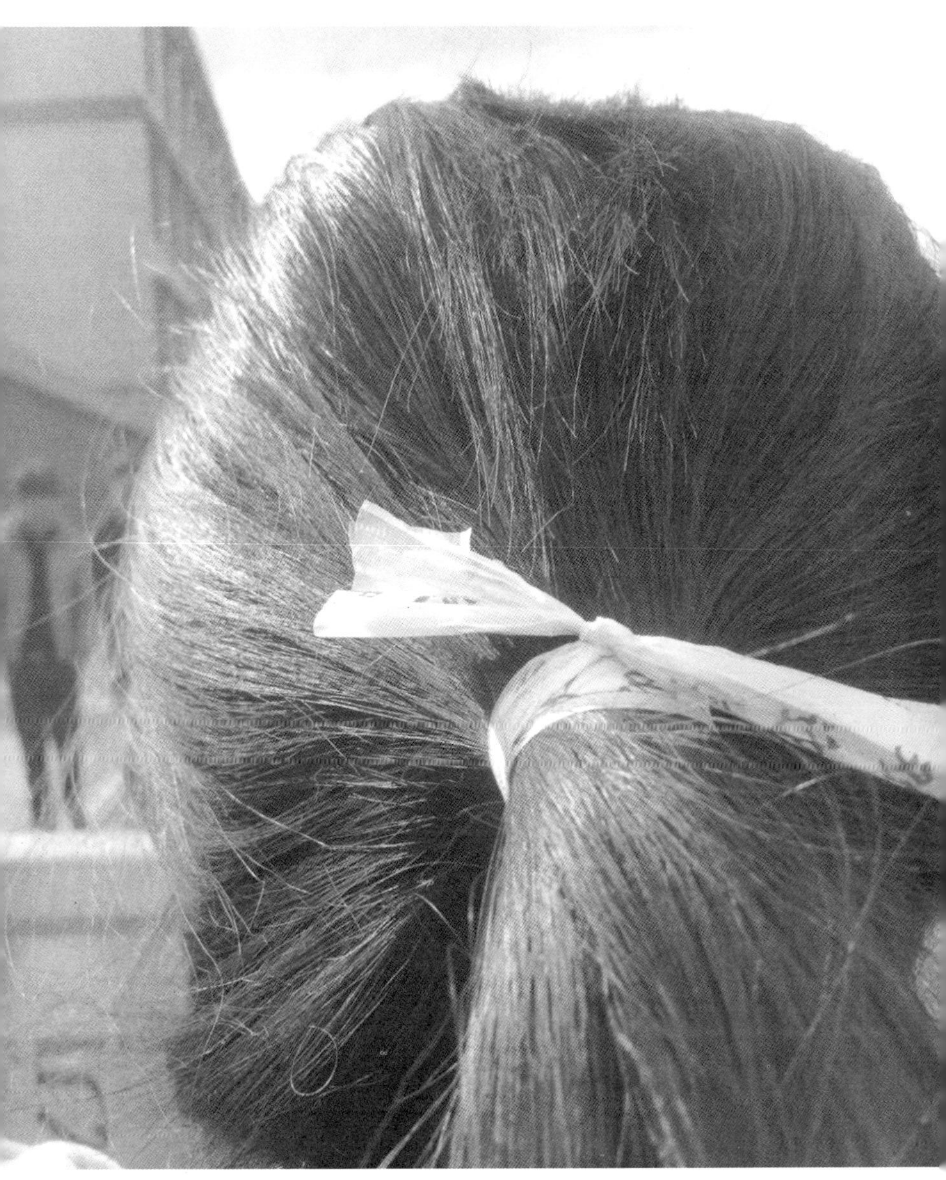

见与不见

你我相见即是缘，你我离别，也是缘，缘起缘灭，就如日升日落，本就是天地间的理，又何必执着于见与不见呢？

“十年后拉萨见！”——这是我在西宁恒裕房门前看到的字。一直在幻想这 6 个字背后的故事，或许是一夜邂逅恋恋不舍，或许是兄弟情谊肝胆相照，也可能是永远不会再见的再见，我们总是关心十年后是否相见，却逐渐遗忘十年前为何相逢。

在茶卡镇，我盘算了一下旅费，略有宽裕，看着灰头土脸的自己，摸了摸包里还剩大半瓶的老干妈和最后几个馒头，我打算犒劳下自己。因为我无法预知，下一顿热腾腾的饭菜会出现在何时何地。我找到镇子上一家小餐馆。老板是一个憨厚老实的四川人，年纪约莫 40 以下，杂乱的头发，稀疏的胡渣，身上的棉袄黑得发亮，一个人坐在店门口抽烟晒太阳，眼神深邃而温和。

在这个天寒地冻的季节里，他独自经营着这家小得不能再小的饭馆——而我是这一天唯一的客。

“老板，这里离德令哈应该不远了吧？”

“说远不远，说近不近，你吃辣吗？”

“只要能吃的，我都吃。”

“不讲究，我喜欢。厨房只有大白菜和辣椒了。”

“行，那就炒一起吧，不辣不下饭。”我给老板递了根烟，帮他一起洗菜。

这里没有大棚，土地也不适合种农作物，所有蔬菜都必须由西宁长途跋涉地运输过来。

“老板，店里就你一个人吗？”

“是啊，一个人。”

“我认识的很多四川朋友大部分都在内地打工，赚钱多，为什么你会来这儿呢？”

“内地赚钱是多，但是累，在这儿多好，蓝蓝的天，白白的云，高兴了关门出去耍几天，缺钱了回来开门赚几天。我遇见过很多的游客，都是大车小车大帮小帮地玩，偶尔也有一些背包客过来，但没见过一个人，你为啥一个人来这儿？耍朋友了没？”

“哈哈，没呢！耍啥朋友，一人吃饱全家不饿。你家里人呢？”

“我老婆去世以后，我就一个人过来了。”

“啊……不好意思，那你小孩呢？”

“还没有，呵呵。”

或许是想起了伤心事，他就静静地坐在门口抽烟，沉默。我扒了几口饭菜回头看向他，阳光很刺眼，打在他的身上，犹如一尊大理石雕像。

老板给我加了不少肉，我吃了 3 大碗米饭，没加钱。

这是我在路上吃得最好的一顿。

“老板，推荐下去德令哈的路上好玩的地儿，适合一个人的。”

“去哈里哈图吧，每年冬天我都会去看看那里的雪。”

“哈里哈图？”

“是一片原始森林，没怎么开发，也是这附近唯一有树的地方。名气不大，知道的人也不多，但是很美。有一年冬天我带我老婆去过一次，她很喜欢那儿，一直说以后每个季节都要来一次，回四川后没多久她就走了。”

我偷偷留下一包烟在厨房。

从店里出来后，我去车站买了车票。

原本我的计划是直奔德令哈，去他的计划。

上车时，我告诉司机我在去哈里哈图的路口下车。车里的男女老少都一脸疑惑地看着我。

我报以微笑。

关于那里，我一无所知，我只知道，那里很美，这就足够了。

从下车的路口到哈里哈图还要再走七八公里的山路。无人放牧的羊群，纷纷扬扬的雪花，我想到了店老板和他老婆一路喜笑颜开地走进群山的怀抱，他们应该是幸福的。

“喂喂，小伙子，喊你呢，别再往前走了，山里有狼！”

我被困在雪地里挣扎着前进，忽然听到了身后的呼喊。

“你也是胆子大，不知道山上有狼有熊吗？”

“大哥，我就是想看看哈里哈图有多美。”

“行了，要不是我看到你，估计你这架势今天不被狼吃了就不死心！”

守林人张大哥，是当地林业局的驻守干部。一个人长年累月看着这一大片森林。

他把我拉回了他的小木屋。

“休息会儿，一会儿就下山吧。”

“可是我才上山没一会儿，至少让我上去走动走动留个念想吧，张大哥？”

“你走上来的？”

“是的，我从西宁到黑马河到茶卡再到哈里哈图，一路徒步搭车过来的。”

“咳……”张大哥被刚喝下去的水呛了一口。

“小伙子，你也是牛，咳……得，把这块馕吃了再走，免得做饿死鬼。”

我拿出在西宁买的啤酒，给两人倒上。“你这背包真是百宝箱啊，想啥有啥，来，变个姑娘出来！我一个人在山上都闷死了。”

张大哥已近六旬，依然是一个老顽童。

张大哥问我为什么会来这里，我猛吸了口烟，把遇见饭店老板的事一口酒接一句话地告诉了他。

他突然沉默了下来。

许久，他叹了一口气：“人啊，活着的时候不珍惜，死了以后再做这些又有什么意义呢？走就让她安心地走吧，再执着又能如何？”

我们不知道身边的新生命什么时候会来。正如不知道身边的人什么时候会走。来的时候干干净净的，走的时候也是干干净净。

“每个人啊，都有他自己的归宿，不要怨老天，老天公平着呢，这个世界，其实就是一个大的修行地，草木树花飞禽走兽，还有人，一起齐聚在此修行。你一路走过来经历的人,经历的事就是对你的一种修行,安心回去吧。"

张大哥把我送到山口,让我搭顾师傅的车下山。

哈里哈图的雪纷纷扬扬地飘落在车窗上,我傻傻地看着,然后问顾师傅:"你信佛吗?"

他指指后排的儿子女儿,笑眯眯地说:"是佛祖让我遇见了我的老婆,然后有了他们两个,你说我信不信?"

有时候,我会想,如果时光倒退,我再重新走一遍走过的路,或许遇见的又是另外一个店老板,另外一个守林人。显然,每一个人都会因为空间时间被轻易替代。但是偏偏遇见的就是他们。为什么?

人是不能仅靠着回忆过活的,每一段旅途如同一张张凝重而结实的网,把我包裹在其中,回想着他们的话,回想着他们的微笑。我厌恶告别,却又不得不开始新的再见。直到某一天,我突然醒悟,其实这个世界本没有再见,你我相见即是缘,你我离别,也是缘,缘起缘灭,就如日升日落,本就是天地间的理,又何必执着于见与不见呢?

◎没有天生的流浪汉，也没有天生的梦想家，他们只是用不善于表达的方式寻求自己的幸福。与居家过日子没有本质上的区别。

神的孩子

他们跟我们一样，执着并热切地想了解这个世界。但是，我却什么都给予不了他们。离开西藏的时候，我感觉特别的遗憾，这些对生活充满了期望，渴望外面世界的孩子，我希望，他们有一天能跟我一样，去看一看这个世界。

很早的时候，我对西藏的孩子带着一种偏见，或许是因为早年的一段经历。

那是在拉孜，去珠峰大本营的那一天，在镇上遇见了一个乞讨的小男孩,浑身脏兮兮的,脸蛋红中透着黑。小男孩用不标准的普通话对我说:“哥哥，给点钱好吗？”我蹲下来摸摸小男孩的头，从口袋里摸出了几颗糖给他：“钱，敏度（藏语没有的意思），给你糖吃，回家吧。”小男孩接过糖还是不肯走,拉着我的衣服不停地说:“叔叔,给点钱吧！”然后，不知道从什么地方冒出来一大群孩子，把我团团围住，不肯让我走。在那儿纠缠了很久，给了他们几十块钱，才得以脱身。

这件事对我影响很深远。

在我的意识里，西藏的孩子是最接近天，最接近神灵的，他们善良朴实可爱懂事，怎么会跟内地的人一样爱财如命呢?

这个问题我思考了很久，直到后来我跟岚子提起，他叹了口气告诉我,内地游客来西藏后,看见那些生活艰苦的小孩,爱心泛滥都想帮一把,但都是直接给钱，给的人多了，孩子跟家长都觉得来钱这么容易，活也不干了，就等着游客的钱。也不能说谁对谁错，只能说游客帮助的方式确实不当，你想，带点文具、书、糖果之类的怎么也比给钱强啊，这些问题以前是没有的，自从西部大开发，大兴旅游业后，进藏的人越来越多，游客们把他们内地的思维方式跟生活习俗也带了进来，有好的一面也有不好的一面。民族交融嘛，你懂的，人民内部总会出现一些文化信仰不同的各种问题。

岚子自顾自地喝酒，我却陷入了沉思。

在318我遇见了一件事。搭张大哥的车去巴塘，路上一个小男孩站路中间伸手拦车要东西，车速很快，差点撞到他，张大哥当时急得破口大骂："滚开！"把小男孩吓得手足无措退到路边。

我让张大哥停车后，走过去拍拍男孩的肩膀，我觉得毕竟只是个孩子，张大哥骂得可能有点重了。我从口袋里掏出一包一直舍不得吃的榨菜给他："以后不要这样，很容易出事故撞到自己的，知道了吗？"小男孩擦了擦鼻涕点了点头。"谢谢叔叔！"

回到车里，张大哥给我递了根烟："阿扎兄弟，我知道你心地好，但是这些小孩不骂一下真不行，要是他们人多，指不定把我这车都能给翻了！"

"不会的，张哥，我相信人之初，性本善，除了钱，他们需要的还有很多。"我探出车窗，看着远去的男孩身影。

随后几天，经过左贡的一个学校，我看见路边停着一辆崭新的黑色

JEEP，车牌号是浙J开头，车后面毫无悬念地贴着越野E族的车贴，想着老乡见老乡，两眼泪汪汪，我正想着上去打个招呼，只见车窗摇下，女人伸出一只白净的右手捏着一张50块钱。几个孩子争先恐后地挤向车子去接。那只洁白的手怕被小孩的手弄脏，连忙把钱丢下，摇上车窗。随后，车子扬长而去。

我顿时气愤异常，这算是什么意思？心安理得地坐在车里，看孩子衣衫不整，手脏脸黑的，扔出一张破钱就自以为很有爱心，很慈善？对孩子的尊重在哪里？这不过是炫耀你的虚荣心而已！

这样的行为不但没有帮助他们，事实上还在腐蚀那些孩子幼小的心灵，让他们觉得想要东西只要伸手就可以，而不用去劳动，久而久之，他们的胃口越来越大，要不到东西，就去抢，就去劫！

刹那间，我明白了岚子说的话。

我想起了拉姆，那个笑起来像太阳的藏族小姑娘。

那天早起在太阳岛买菜回家后，我继续在八廓街晒太阳，拉姆在我旁边磕长头。天气很冷，拉姆却只穿了一件并不保暖的毛衣，眼神坚定虔诚，不停重复着略显笨拙的动作。连续磕了几十个长头后，她有点吃不消，也坐到了墙边休息。

“叔叔你是哪里人？”拉姆饶有兴趣地看着旁边邋遢无比的我。“叔叔的家啊，在海边。”“大海吗？我这辈子都没见过，好想去看看。”“以后来叔叔家，叔叔带你去看海。”我借花献佛，用朋友的茶杯给拉姆倒了一碗甜茶。

“谢谢叔叔。”突然间，我想起了之前遇见的那些孩子，于是我把关于孩子要钱的事讲给了拉姆听。拉姆听完后，不停地摇头：“叔叔，西藏的孩子都是神的孩子，都是很乖很听话的，你不能把他们都想得这么坏！而且一些地方的孩子真的特别穷，连饭都吃不上，拉姆能生活在拉萨已经是非常幸福了！”说完，头也不回地跑开了。

我很懊恼，是不是这些话让小拉姆生气了。没过一会儿，小拉姆带着几个小伙伴，提着一个热气腾腾的袋子塞给我：“叔叔你们请我喝甜茶，我跟弟弟妹妹们请你们吃藏包子。妈妈说，受人恩惠要大海相报。”说完指了指在不远处同样在磕长头的藏族妇女,正微笑而慈祥地看着我。

我的内心暖暖的，拉姆笑眯眯地看着我，就像散发着温暖的太阳。

随后几天，我一个人去了山南。在白居寺时，可能由于中午喝了点酒，有点高原反应。我坐在寺院里的一个角落，不停地揉捻着太阳穴试图缓解头痛。

“叔叔，你没事吧？”一个戴着太阳帽的男孩在身边探着头关切地问我。“没事，就是头痛，可能高原反应了。”

“叔叔，过来喝点茶吧，喝了就没事了。”小男孩指向不远处，他的

母亲热情地朝我招手。在小男孩的搀扶下，我走了过去，母亲微笑着不停地用藏语对我说着什么，并递给我一杯满满的甜茶，我感激地接过一饮而尽，说来神奇，喝下一碗热腾腾的甜茶，我的头渐渐地不痛了。

小男孩咧着嘴巴问我："妈妈问你要不要再来一点。""不用了，突及其！你叫什么名字？"

"我叫次仁。"次仁摘下太阳帽，小心翼翼地递给我几块奶渣。我从包里拿出随身携带的糖果分给孩子们。

"对了，为什么你会说普通话，你妈妈不会呢？"我好奇地询问。小男孩不好意思地挠挠头："学校里教的，王老师说，我们都是神的孩子，要好好学习，天天向上，长大了报效祖国！"

那是我第二次听到这个词，神的孩子。

我给次仁讲述内地的生活，讲述内地的学校，次仁托着下巴，眼睛眨都不眨地认真听着。当我说到明亮崭新的教室，各种各样的文具，次仁的眼神瞬间黯淡了下来。

临走的时候，我把写旅行日记的最后一支笔送给他留做纪念。

“次仁，神的孩子，再见！”

多年来，我一直都想把西藏的孩子们写进我的书里。除了拉姆、次仁，还有许许多多的孩子，他们跟我们一样，执着并热切地想了解这个世界。但是，我却什么都给予不了他们。

离开西藏的时候，我感觉特别的遗憾，这些对生活充满了期望，渴望外面世界的孩子，我希望，他们有一天能跟我一样，去看一看这个世界。

◎ “普木，猜猜是谁？”

“别闹了，妈妈，我在跟叔叔学普通话呢！”

把汤喝完

他想明白了一件事，你以为你在人群里一呼百应，你以为你的身份地位钞票给你带来的是别人永远享受不到的尊严，而一旦你失去这些，你是谁？你是什么东西？那些靠物质换来的尊严，都是屁。

我跟阿超见过两次面。

一次在火车上，一次在拉萨。

我记得，在火车上与阿超初次相遇，是午夜时分。独自坐在车窗前小口小口地喝着啤酒，百无聊赖。阿超睡在我的上铺，突然一个鲤鱼打挺起身，然后跟狒狒一样迅速地跳了下来。

我看着他干净利落地吃完了一桶方便面，又陆续拆开 3 包袋装的康师傅放桶里泡，从容不迫地泡了 4 次开水，吃完了整整 4 包面。整个车道上非常安静，只有阿超呼呼呼地吃面声和浓烈的酸菜味。

“这……这哥们几天没吃饭了？”我心里哆嗦了下，眼睁睁地看着他把面汤全部喝完，一滴不剩。

这胃是牛胃吧?

阿超发现了我诧异的眼神，擦了擦嘴，毫不在意，他拧开自己带的酒壶，灌了一口。

“兄弟，饿了吧？我请你吃碗面吧！”阿超从他乌漆抹黑的背包里拿出了一包方便面递给我。

“你在老子面前吃得跟饿死鬼一样，能不饿吗？”我心里嘀咕着，顺手接了过来：“谢了啊！兄弟，看你这么能吃，我还真的有点饿了。”

阿超跑到过道上点了根烟，转身对我说："记得把汤喝完。"

我认识很多特别能吃的妖魔鬼怪，比如豆豆，瘦小娇弱的身体里隐藏着一个异常强大的胃，然后就是我自己，几年前独行环骑雁荡山，在山村里的大嫂家一口气吃了 3 斤炒面干，大嫂心疼地说："你这孩子，自己一个人骑车也就算了，连饭也吃不上，家里就这点面干了，别介意。"

其实，我在吃的上面真的一点都不讲究。

只要是人能吃的，我都能吃，人不能吃的，我自然也不吃。

对于一个习惯了风餐露宿的流浪汉，矫情与面子是最可笑也是最应该消灭的心魔。

想起六子以前跟我说过一个事，2014 年那会骑行 318，有一次他在青旅跟老板吃饭，进来个骑行的小伙，打扮得油头粉面，车子也是异常的干净，进门第一句话就是："老板，有啥好吃的给我赶紧搞上，只要最贵的！"

六子瞥了一眼，瞬间就看出来是个出来装逼的搭车骑行党。

老板叫义工去招呼那小伙然后继续跟六子聊天。

小伙对老板的怠慢有点不满，把车停在饭堂中间，摘下崭新的头盔，然后就对着周边的行者们开始吹嘘自己的装备："你们看，我这个车架是XXX，车子自带卫星导航……"

六子听不下去，暗骂了声，老板见得太多习惯了，也没理会他，任他继续吹。

六子告诉我这个事情后，感慨了一声："为什么现在的SB就这么多？"

因为，他们觉得我们穷游党也是SB，这样的话大家都是SB，所以自然数量就多了。

我是这么回答的。

阿超见我边喝汤边傻笑，扔给我一根烟："你笑啥呢，这么开心？"

我呵呵笑着把这个故事说给阿超听。

阿超很凝重地瞪着我，然后会心一笑："其实我以前就是那类SB。"

完了，刚吃完人家的一碗面，就拆人家的台，我这做得也太不地道了。

阿超丝毫不在意我尴尬的表情，吸了口烟，沉迷在回忆中。

“以前的时候，家里破产前，小日子也算过得有声有色。”阿超进了过道的厕所，叼着烟继续说着。

“因为家里天天山珍海味,所以我从来不知道饿肚子到底是啥感觉。”

“然后那一年，家里破产了，房子被抵押，亲戚跑的跑躲的躲，父母也因为特殊原因跑外地去了。反正真的很惨。然后有一段时间，没经济来源，我又不想被人看不起，不想让别人觉得你家里破产了你现在是个穷鬼，我很要面子，必须保持光鲜照人的外表，所以我只能靠吃方便面省钱。”

“吃肉多了，突然给你来块豆腐乳，刚开始觉得很棒，接下来就生不如死了。”

“有时候吃完面还是饿啊，怎么办？只能喝汤，喝一口，强身健体，喝两口，提神醒脑，喝一碗回光返照！”

“这些都不算什么，最可悲的是，我发现，以前有钱那会儿，围在你身边转的那些人在路上遇见了跟他们打招呼都不带理你。”

“酒肉朋友，想必的。”

“其中一个是我以为最铁的哥们，他家里有困难，问我借钱，我二话不说拿给他 10 万，没打借条，不要一分利息，他当时就差跪下来喊我爷爷了。”

“后来呢？”

“后来？后来我家里出了这档子事，他直接跟我断绝任何来往。”

阿超面无表情，右手提裤，左手拿烟。

“后来我想明白了一件事，你以为你在人群里一呼百应，你以为你的身份地位钞票给你带来的是别人永远享受不到的尊严，而一旦你失去这些，你是谁？你是什么东西？那些靠物质换来的尊严，都是屁。”

阿超在西宁下的火车，因为他身上的钱只够支撑他到这一站。然后他要在西宁摆摊打零工赚去拉萨的火车票钱。以前，听到富二代家破人亡、虎落平阳被犬欺的新闻报道，我会和身边人一样习惯性地落井下石：“活该，哈哈，为富不仁的报应！”

但是对于阿超，我内心是充满敬佩与豪情的。毕竟，像他这样直爽不羁不矫情的真汉子，真的不多了。内心深处，我又恨恨地鄙视了下那些娘炮一样的文艺青年。

送阿超下了火车，我在站台的流动摊车那儿给他买了一大袋的方便面。

回车厢后，我突然发现，忘记问阿超电话跟微信。算了，随缘吧，或许这又是一个第一次见面也是最后一次见面的邂逅。

这次在拉萨呆了挺长的一段时间。

一天，在八廓街的四川面馆独自吃中饭，我看见了一个熟悉的面孔。

“阿超？”

“阿扎兄弟？”

“我靠，你什么时候到的拉萨？”

“我靠，老子赚够火车票不就过来了，前几天刚到。当时还想加你微信来着，回头一看，火车麻溜溜地跑走了。”

“啥都不说了，来，老板来两碗酸菜肉丝面，加辣！”

阿超不是四川人，却特别钟爱这口味。

我怎么也要报了火车上的“一面之恩”。

阿超晒黑了很多，也瘦了很多，胡须留得跟关老爷一样长，特别精神，眼里跳动着一股无法被驯服的野性。

“阿扎兄弟，你知道我为什么要来西藏吗？”

“不知道，但是肯定和那些中二的伪文艺青年不同。”

“你少废话，跟那群矫情的娘炮能一样？我一直没告诉你，我这次从东北出发一路打工一路旅行，就是想找回自己做人的尊严。”

“然后呢？”

“我现在是个穷鬼，身上总共还有200多块钱，老家没住的地方，父母在哪儿也不知道也联系不上。以前在家坐吃山空，什么都靠父母，大吃大喝，挥霍无度，还自以为过得潇洒有尊严，后来女友跟我分手，劈腿另一个有钱的哥们以后，我突然觉得我的前半生过得毫无意义，毫无尊严。”

阿超大声地说着，毫不顾及周边游客们的眼神。

“轻点轻点，这个我们悄悄地说就好了。”我善意提醒阿超。阿超继续扩大了嗓门：“我就说出来咋地，别人听到又咋地，连自己是个窝囊废都不敢承认的人，算个屁！”

我原本想反驳一句：“你穷游，你打工，你饱一顿饿一顿就有尊严了吗？”

但是看着阿超坚毅的眼神，我突然明白了。

阿超所追求的，正是我所追求的。

我去打阿超的脸，等于变相打自己的脸。

我虽有剩余，但也囊中羞涩。不是大富大贵，也没有坐享其成的命。

我也摆过摊，卖过艺，洗过碗，搬过砖，在街头与卖花大妈比收成，因为小混混调戏姑娘干过架，与民工大哥侃当年在工地的鬼故事，与残疾乞丐一起坐路边喝酒，与拾荒的大爷深夜在公园聊抗日，与环卫大妈坐一起听歌，与各种各样身份的人群交流，了解他们的世界，他们的内心，他们的故事。

然后有人问我，你怎么也是有点身份的作家与公职人员，为什么还要不顾身份与形象去和底层劳动人民打得一片火热？难道就不怕给别人一种品位身份低下的感觉？

尊严，永远不分身份贵贱，不分人生形态，不分社会分工，但偏偏就是每一个人在这个世界的立足之本。实际上，有多少人在路上看见环卫工往往是赶紧嫌弃地避开，然后偷偷从背后拍上一张照片转发朋友圈：环卫大妈您辛苦了！

这样充满伪善的伪尊严是大妈想要的吗？

阿超没有辜负我的好心，两碗面条全数下肚。

“接下来有什么打算吗？”我问阿超。

“我现在在一家客栈做义工，包吃包住，可能会在拉萨待一段时间，到处走走，再赚点路费，买个火枫的锅，以后出门就可以自己煮面条，不用再吃方便面了。”

“现在过得很开心，每次到一个新的地方，就感觉开启了新的一段人生。人啊，一天不过3顿饭，一张床，我很知足。”

阿超话里的意思我明白，他不需要我的同情与任何帮助，他要用他的方式，重新赢回属于他自己的尊严。

临走前，阿超抢着结了账，然后看了看我碗里的面，平淡地说：“把汤喝完。”

阿超要赶回客栈干活，告别后，我才想起来，又忘记要信号了。

此时阿超已经消失在人群里。

我真正地理解，什么叫有缘无分。

几个月后，我从拉萨返回内地。

从上海火车站出来后，我直接去了常去的那家兰州拉面馆。

扒拉着面条，我听到了一声雄厚的嗓音："老板结账！"

"这声音，怎么听起来这么熟悉？"

当我反应过来时，那个人已经离去。我若有所思地看向他所坐的位置。

桌子上的面汤剩了一大半。

"肯定不是他。"我笑了笑，喝完了碗里的面汤。

◎ 如果我看见你曾看见的世界，走过你曾走过的路会不会更靠近你一些。

有些事现在不做，
以后依然可以做

去西藏很廉价，文青们只需要花 800 多块钱坐火车两天就能到拉萨，背着一年也可能用不到一次的单反，对着朝拜的藏民与布宫拍上几张照片，然后在朋友圈里大喊，我终于来到了西藏，我的梦想终于实现了！然后沉醉于各种钦佩与羡慕。

有些事情如果现在不做，也许以后都不会做了。

10 年前，听到这句话的时候，我内心感受到澎湃的震撼力，这是一句多么简单朴实却又充满了力量的话语啊，就如十三哥的那句歌词：“妈妈，我爱上了一个姑娘，可是她在别人的床上呻吟。”仅仅几个字，就表达了对现实人生的无奈。

10 年后，再听到这句所谓的梦想为先世俗靠边，已经烂大街的真理时，我总觉得有点别扭。

有那么一段时间，走着走着，随着遇见的人越来越多，碰到的奇葩事件更是频繁，我开始极度怀疑自己行走的目的与动机，这条本是崇高肃穆之路，怎么就越走越俗，成了平凡之路了呢？

梦想？信念？

梦想本就是非常抽象概念化的词，本是天马行空，本是形而上学，偏偏就被框架局限于某个空间，变成了一种套用的模板。

比如去西藏，比如去丽江。

去西藏很廉价，文青们只需要花 800 多块钱坐火车两天就能到拉萨，背着一年也可能用不到一次的单反，卡卡卡地对着朝拜的藏民与布宫拍上几张照片，然后在朋友圈里大喊，我终于来到了西藏，我的梦想终于实现了！然后沉醉于各种钦佩与羡慕，然后文青男们又多了一个撩妹利器，文青妹们又多了一个高大上的逼格，本姑娘去过西藏，你个相亲男，连西藏都没去过，我们不是一个世界的人！

去丽江更加便宜，打折机票飞昆明大理包个车，轻松来到这个中国商业化的先驱旅游小镇，坐在酒吧里甩甩长发，邂逅个穿棉麻裤的型男倾述下内地生活的苦闷与孤独，一夜温情后各自回家，然后在朋友圈里写几句不痛不痒风花雪月的鸡汤，配上几张洱海苍山之类的照片，你若安好，便是晴天。你不恶心，我都觉得恶心。

世界是很大，我们确实不应该故步自封，需要多走出去看看。但是更多的，我们身边的人已经开始沉迷于其华而不实的形式主义而无法自拔。

流于形式的浮夸之物，能算是梦想吗？

走点心可以吗？

有多少人进藏是因为真正热爱西藏，想深入了解藏地文化，探索不为人知的传奇，又有多少人认为不管自己有没有梦想，只要到了拉萨就算有梦想，然后紧紧跟随大众的步伐，一路向西？

这样的梦想，不是你的，也不是他的，总之只是世俗化的无聊产物。

我相信越来越多的文青以及伪文青们，走出去后发现，哇，那些只会在大冰书里存在的大神们竟然真的生活在自己的身边。一部分所谓的大神们开始向这些涉世不深怀着青春梦想的“孩子”们传授着各种装逼指南。大昭寺前就是艳遇墙，这个寺庙可以逃票，我搭车都是司机请我吃饭，NB 不，昨天在丽江又艳遇了个萌妹子，穷游嘛关键一个蹭字，你的背包真垃圾，看我的骨头鸟……

然后，文青们受益匪浅，学以致用，利用西藏两字无所不用其极地装逼。

至少我在路上遇见的文青，基本上想了解的都是——大哥，拉萨哪里艳遇多啊?

曾经遇见过一个丽江来的妹子，她说她不喜欢西藏，又脏又乱，只是因为身边好多人都来过，她不走一次觉得丢人。然后，我尝试给她灌输西藏博大精深的文化习俗让她了解西藏的神圣，包括藏语的使用，活佛的转世制度，青朴修行地莲花生大师的传说，格萨尔王的传奇故事，她连忙摆手说不想听没兴趣。

甚至有不少文青，以为来次西藏看下风景就真的能提升人生境界，修成正果了。

甚至还有不少伪文青，到西藏后还是坚持着出门传统：非星级酒店不住，非大饭店不吃，然后包个车，上车睡觉，下车拍照，浑浑噩噩地也不知道去了哪儿拍了啥。

我还真的遇见过特意跑到拉萨吃海鲜的妹子。

心如痴汉，细嗅妹香。最后的结果往往是，出来时咋样，回去时还是咋样。

当梦想开始停留在口头，流连于形式，那么一切，也都变质了。

当部分人都在不知所谓地高声呐喊着，我要实现我的梦想，我要去西藏！仅仅在拉萨呆几天后就说西藏不过如此，然后开着装逼光环迅速飞回内地。

对不起，西藏不适合你。

最后，我觉得，关于梦想，有些事情即使现在不做，以后依然可以做，只要你想明白了，60 岁再做也不晚，想不明白，现在做了也是白做。

◎ 漂是一种经历，也是一种风景，西藏其实并不重要，执着于梦想的浮夸形式，而忽略其蕴涵的信念与力量，只要是靠自己的双脚走出的天空，在哪里不是蔚蓝纯白的呢？

你好，
再见

“阿沁，你为什么要帮我呢？”

拉姆阿沁从包里拿出一包馕塞给我，“你不是第一个，也不是最后一个这么问我的人，我们藏族人就是这样的，遇见有困难的人就帮忙，人活着不就应该这样吗？”

旅途中，人们总是能遇见最好的。

这是关于我在黑马河发生的故事。

（一）

深冬，几近春节，我依然独自踏上了西行的路。

没有伙伴，没带锅具，没带帐篷，一袋馍馍，几包咸菜，几块临时救急的压缩干粮与最便宜的牛肉干，还有一个填满了宋冬野赵雷李志的小音响。

其实一个人的旅途没有人们想象中的孤独，尤其是在同样孤独的中国西部。首先，你要思考预判接下来要走的路，天气如何，补给是否足够，遭遇自然灾害该如何应对，遭遇野兽的概率与应对方法等等，思考完这些，你基本没有多余的时间去想一个人的问题。而盘旋在空中的红嘴乌鸦与秃鹫，路上随处可遇的野狗家狗，不经意间出现的牧羊人，高大挺拔的雪山冰岭都会让你觉得，这条路上，你并不是一个人。

我想到了两个人，一舟和赖敏，那会儿他们正结束终南山的休整，准备下山去四川过年，我说："一舟，等你什么时候来浙江台州，我让你和小敏吃海鲜吃到下不了床。"一舟说："那你要被小敏给吃破产了。"然后发了张小敏捧着大锅吃饭的照片。阿宝吐着舌头缩在后面，望眼欲穿。

其实，我是嫉妒他们的。

有那么一个人，愿意放下他在城市里拥有的一切——工作、学业、家人，变卖累积的物质财富，义无反顾无怨无悔地陪着你走天涯。还有比这个更幸福的事吗？

曾经，我也有过这样的机会，最后她说，你走你的漫漫天涯，我过我的万家灯火，再见。

罗杰扎西大哥把我载到了黑马河，然后继续前往鸟岛。

我给扎西点烟，风很大，打不着火，扎西笑哈哈，示意放弃，而我不依不饶，直到点上烟才目送他远去。

或许我所坚持的不是点烟本身，而是厌恶离别。

黑马河是环青海湖骑行徒步的起点，也是最大的补给站，当然，那只是夏天，在这个无人问津物资贫乏极度寒冷的冬季，选择来到这里不是一个明智的选择。

青海藏区所使用的是“普通话版”藏语，与拉萨的藏语方言有很大不同，除了一句通用的“洛桑扎西德勒”。围坐在炉子旁，面对嘘寒问暖的藏族朋友们，我犹如一个古罗马学艺精湛的屠龙武士，而这个世界并没有龙。

“小伙子,这么冷的天你来这里做什么啊?为什么不夏天来,人更多,风景更美。”舅拉给我倒一杯甜茶。

“出发前我做了个梦,梦里我就在湖边见到了佛,湖面结冰下着大雪,夏天的青海湖可不会结冰啊。”

舅拉哈哈大笑,然后给我的水壶灌满了热腾腾的开水。

独自背着包穿行于寒风中,我呼吸到了青海湖最冷冽的空气,冷至心肺。而对这里,我的记忆还停留在 10 年前。2006 年,跟随父亲第一次踏上西行道路的途中,经过黑马河鸟岛,我遭遇了人生第一次接近死亡的经历。兜兜转转十年,我又回到了这里,除了沧桑,似乎什么都没有改变。

(二)

从湖边返回的时候,我想告诉六子,青海湖的冰面坚硬无比,完全可以骑行或徒步到湖心,然后发现手机因为低温已经自动关机无法开机,我才意识到,今天的最低温度达到了零下近 30 度。由于路痴症发作,下午顶着大风多走了 10 公里路,呼吸越来越重,脑子有点眩晕,眼神也逐渐地迷糊。我知道,高原反应了。

挣扎着坐在马路边，仰望着夕阳西下，在那一瞬间，我想，如果十年前，我就那么死掉的话，是不是真的亏大了：我无法去更远更多的地方，无法遇见那么多热情温暖的朋友，不会思考自己的人生该如何选择，该如何坚定地走下去，也无法喝到最爱的拉萨啤酒了。

一个身影遮挡住了夕阳，我抬起头，是一个浑身包裹在棉衣里的藏民。

“你没事吧？”

“没事……谢谢，就是头晕得厉害……胸闷，可能高原反应了。”我喘着气看着她。

“你要去哪儿？”

“拉，拉萨，不过先，先去茶卡。”

“有地方住吗？没有的话要不先住我家吧，马上天黑了，你这样子肯定走不了的。”

“啊？”

我的脑子突然转不过弯来，自318回来后，整三年几乎未出门的我已习惯了内地尔虞我诈的伪善环境，面对突然帮助我的陌生人，有点不知所措。

“免费,不要钱的。”她摘下了包在头上的棉衣,笑眯眯地看着我,“放心，我不是骗子。”

她扶着我，来到了她家，一个小房子，在黑马河的最东边。

“阿……阿佳,图及其！”我坐在她家的沙发上,环顾四周,房子很小,有点杂乱，但是屋里非常的暖和，后来我才得知，这张沙发曾经睡过上千个落魄的背包客。

“你的藏语挺好，不过我们这边跟西藏的藏语不同的，西藏叫阿佳，我们这边叫阿沁，你叫我拉姆就好了。”

拉姆阿沁给我倒了杯开水，拿了几颗高原反应的药，然后坐着给炉子加柴火。

喝了几口热水，我略微缓了过来。

“阿沁，就你一个人住吗？”

“我老公去海南了（海南藏族自治州),他怕冷,大儿子在寺里学佛,小儿子在娘家，过几天回来。”

“阿沁，你为什么要帮我呢？”

拉姆阿沁从包里拿出一包馕塞给我,“你不是第一个，也不是最后一个这么问我的人，哈哈，我们藏族人就是这样的，遇见有困难的人就帮忙，人活着不就应该这样吗？”

看着阿沁真诚善良的目光,我突然感受到一种从未曾感受到的温暖。

这么多年来，天南地北，风里来，雨里去，我早已习惯了用坚硬不羁的外表保护自己，在这个残酷现实的社会里，我们设身处地地想到的都是如何更好有效地保护自己不受伤害，而忽略甚至漠视了身边所有需要帮助的陌生人。

中国人，重情，但是各类好人没好报的奇葩事件让内地的社会陷入了恶性循环。

曾经有一个姑娘问我，在路上如果遇见坏人怎么办，我回答："哪里有那么多坏人。打开自己的心胸，相信这个世界永远都是好人多。"

姑娘说："但是肯定要保护好自己啊，你想想一个人出门在外，人生地不熟的，怎么可能相信陌生人。"

我说："那你待家里吧，家里最安全。"

于是，我被她拉黑了。

拉姆阿沁一边做饭一边给我讲她多年来收留无数背包客的故事。

有那么一年，阿沁开着三轮车从牧区返回家中，遇见两个内地妹子，其中一个妹子途中摔伤了腿，他们一直搭不到车，而天快黑了，离镇子还有不少路。阿沁提议两人去她家过夜，其中一个妹子非常坚定地拒绝了，一直骂阿沁是骗子，想把两人带到什么偏僻的地方抢劫拐卖什么的。阿沁没有生气，一直耐心劝说，因为近年来青海湖周边狼害开始死灰复燃，加上夜晚的牧区非常冷，她担心两人的安全。最后两个妹子答应了，阿沁载着她们到了家中安顿。第二天妹子离去的时候向阿沁道歉。阿沁说："没事没事，能理解的，好人坏人都有，但是你要相信这个世界还是好人多。”

还有一次，一个学生瞒着家人穷游到了黑马河，钱包手机都丢了，阿沁让他住在家里，可以帮她一起洗洗车，一个月给他 2000 块的工资，最后学生赚够回家的路费后悄悄离去。

阿沁遗憾地告诉我，他走的时候没有跟她打招呼，也没有留任何联系方式，她只是想知道他安全到家了没有。

还有很多很多她与背包客们的故事阿沁来不及告诉我,但是我知道，她很快乐，因为她希望所有她帮助过的人都能快乐。她的脸上永远挂着我们所没有的淳朴笑容。

跟阿沁聊到很晚，不论是当地的神话传说、风俗习惯，还是内地的群魔乱舞，机械化生活。最后我跟阿沁总结，没有信仰的人生是毫无意义的。

躺在那张睡过无数个背包客的沙发上，我睡得无比踏实，无比香甜。

临走前，我给阿沁的小儿子留下了一点文具跟几块巧克力表示感激并留作纪念，阿沁不好意思要。要知道，一只内地 1 块钱批发五六毛的圆珠笔，在黑马河的价格是 5 块 ~10 块。可有些东西，不是钱能证明其价值的。

阿沁把我送到了去茶卡的路口，她说，只要我想回来，她的家永远对我开放，并且对所有需要帮助的背包客无偿开放。但是她希望，下次我一定得带女朋友来，不能再孤身一人上路了。

我同阿沁挥手告别，继续踏上一个人的旅途。

回内地后，我一直跟阿沁保持着联系，阿沁很羡慕我这样的背包客可以到处走，而她一辈子都只能待在青海，待在黑马河，她也很想去看看这个世界。我提议她来浙江玩，她犹豫着说：“我不适合也不太喜欢你们内地的生活，我看见高楼大厦会恐惧。”她说她更喜欢青海湖边空旷自由的生活，虽然物质上远不如内地丰富富裕，但是自由，奔放，快乐。

我忘不了这个藏族大姐，不仅仅是因为她曾经在我最困难的时候帮助过我，更因为她身上流淌着的一种无法言喻的精神与信念，它将继续牵引着我追寻自己的道路，信仰，梦想，在这个过程中，我更加清晰地明白，作为一个男人，你要做的还有更多，你要走的路，还会更长。

你好，这是一个开始；再见，却不是结束，把他们留在心里，永远不说再见。

◎ “你要去哪儿？”

“不知道，大叔我跟您走吧。”

然后我和藏族大叔开着拖拉机翻越了雪山。

岚子

燅再一次救了岚子，岚子跪倒在康珠尸体旁，泣不成声。他发誓他这辈子宁可孤独到老，也誓要陪伴燅走完这一生。

岚子是我在拉萨最铁的兄弟。

他虽不高大却是特别精悍，简单的小平头，鼻梁上架着一副眼镜，眼神随和却又犀利，如果用一个动物形容他，那只能是狼。

岚子祖籍华北，由于父辈当年知青下乡，被发配到藏区，一直到“文化大革命”结束，原本可以重返城市，但是岚子的父亲爱上了这片土地，于是全家老小都搬到西藏定居，这在当时知青返城的潮流里是很难让人理解的。岚子就是这样从小到大喝着西藏的雪山水，吃着西藏的青稞杂粮长大的。

他从不抽烟，却是嗜酒如命。拉萨的生活节奏很缓慢，尤其是冬天的淡季，人少车少，这也养成了藏漂跟藏民们在寒冬里自由散漫的生活情调。一壶甜茶，二碗藏面，三杯青稞酒，就可以在拉萨暖洋洋的阳光下挥霍一天。而岚子每天必不可少的节目之一就是酒，随性而喝，点到为止。

岚子的酒量奇好，依稀记得一次在朗玛厅，被几个酒鬼轮流劝酒，最后个个喝到上吐下泻，我则是半途喝到高原反应被强制送回去睡觉，岚子依然端坐着喝着小酒唱着民歌谈笑风生。

从此，我们再也不敢在岚子面前提酒量。岚子虽嗜酒，酒品却是极好，即使是难得一醉，也不吵不闹，找个干净地，倒地就睡，而且是雷打不动。

除了酒，我想他一生最爱的就是獒了。岚子在拉萨养獒也算是小有名气了。他有一个规模不小的狗场，饲养着几十头纯种藏獒，而岚子的工作则是跟这群媲美孟加拉虎的凶猛野兽打交道。一提到獒，岚子的眼神满是凝重。

一次醉酒后，岚子跟我述说了他这一生与獒生死相依的故事。

岚子小时候曾养过一头獒,名叫康珠。那时候父亲在那曲县城工作，一次岚子带着小康珠去看望父亲，由于大雪，迷了路，岚子又饥又渴又冷，最后昏了过去，康珠死死拉着岚子的衣角朝县城方向拖，一直拖到了县城口，被藏民发现救了回去。

等岚子醒来时，小康珠偎依在岚子怀中，嘴里满是鲜血，已经死去。据岚子回忆，他被康珠拖了整整数十里路。如果不是它，岚子会永远倒在雪地里。即使岚子得救后,康珠也一直守在岚子的身边没有离开半步，一直到死去。

岚子死里逃生后，对獒的感情越发深刻，他的命是獒给的，那一年岚子才十来岁。为了纪念那只救了自己的獒，岚子养了第二头獒，取了个同样的名字：康珠。

那一年，岚子带着康珠在林芝山区打野，不巧遇见了黑瞎子，当时的情况可以说是惊险万分，岚子的猎枪没有命中黑瞎子，黑瞎子向岚子狂扑而来，康珠忠心护主与黑瞎子围着大树游斗，并朝着岚子狂吼。岚子知道康珠的意思是喊自己快走，他们斗不过黑瞎子。岚子不甘心，他已经失去过一次康珠，不愿第二次失去它了，不停用猎枪朝着黑瞎子射去。黑瞎子力大无比，毕竟跟獒不是同一个级别的，虽然被康珠咬得皮开肉绽，满身鲜血淋漓，但也把康珠一巴掌拍翻在地上，肠子流了一地。

黑瞎子拍翻康珠后再次向岚子扑去，康珠忍着巨痛扑过去死死咬住它大腿，并朝岚子低吼，岚子知道他再不走就没机会了，岚子流着泪朝村子的方向狂奔，回头一看，康珠再次被瞎子拍翻在地，地上鲜红一片……

在村里紧急呼喊了几个村民后，岚子匆匆返回。康珠已经气绝身亡，黑瞎子也因流血过多，半死不活。岚子流着泪狠狠地朝黑瞎子头上开了三枪，为康珠报了仇。

獒第二次救了岚子，岚子跪倒在康珠尸体旁，泣不成声。他发誓他这辈子宁可孤独到老，也誓要陪伴獒走完这一生。

听完岚子的故事后，我沉默不语，我们一个劲地喝酒。然后都醉了。岚子倒在沙发上不停地说着：人不如狗，人不如狗啊……

如今，岚子养在家里那只獒也叫康珠，刚产了一窝小仔，足足有 7 只，让我不解的是，太阳西下后，岚子依然把獒仔扔在寒冷的院子里。我问他难道不怕小仔冻死吗。岚子说，如果獒仔连第一年的冬天都熬不过去的话，那么它也没有任何资格活下去。在獒的世界，是很残酷的，即使人类对他如何关怀如何喜爱都不能因此忽略并抹去獒的野性。獒失去了野性，与一条家狗又有何区别？

岚子养过黑熊，养过雪豹，也养过狼，他说，万物皆有灵性，你以真心相待，万物对你也以真心相待。

岚子每年会因为狗场跟獒的饲养问题回几次内地，他说他在上海待了三天，只觉得满身的恶臭，或许岚子真的只适合待在西藏，在这片自由狂野纯净的土地上生活，内地灯红酒绿浮华奢侈的社会环境让岚子觉得无所适从。

就如同我的感受一样，仿佛在西藏，在这纯净的天地里才能找回唤醒真正的自我。

春暖花开的时候，告别岚子，我回到了台州，我依然记得走前那晚岚子跟我说的话：“有空就回拉萨看看，这里才是你一辈子的家，我打赌你在内地待不了多久，又会乖乖地回来找我喝酒。”

是的，没错，在我的心里，拉萨才是一辈子的家，无论我在西藏遇见了什么人听到了什么传奇的故事，对于内地的人们来说，都只是天方夜谭。你所走过的路，你所经历的那些，你所感悟到的生命思考的升华，在这嘈杂喧闹的城市里，没有第二个人可以跟你分享。离开了拉萨，只剩下了孤独，孤独中继续思考，于是，孤独的我更加孤独。

2016 年春节，我再次回到拉萨，再见岚子的时候，我跟他紧紧拥抱，没有任何的言话。

三年前，岚子曾痛批我，与其纠结于风花雪月，为何不去做一些更积极、更有意义的事情呢？

静心思考过后，我开始书写在西藏遇见的人，遇见的事，没有功利，没有口号，没有歌唱，没有呐喊，没有鸡汤，我只想平平淡淡地讲述那些不为人知的故事。

这次回拉萨，在我的要求下，岚子继续讲述了他的第三头獒——黑虎的故事。

岚子上初中那会儿，家里慕名来了几个懂獒的香港富商，意图天价收购当时岚子饲养的黑虎。家人开始松动，而岚子死活不肯。

“我跟我妈说，如果把黑虎卖了，我就从顶楼跳下去。”

岚子点了根烟，继续讲述。

最终家里妥协，香港富商对岚子的爱獒之情肃然起敬，放弃收购黑虎的计划，他们请求岚子带他们去寻找血统纯正的好獒。

于是，岚子带着黑虎，一行几人骑着马，深入藏区，开始了寻獒之旅。

行进到一个峡谷的时候，不远处，突然传来了几声如响雷般的嚎叫声。

“这是獒的吼声，从声音上判断，这是不可多得的好獒。”岚子快马加鞭，不等港商几人，带着黑虎，一路向前赶去。黑虎一路狂吼，仿佛嗅到了危险的气息。

那头獒察觉到了岚子，正从不远处奔跑而来，跟随在其背后的是其他几条藏狗。

不好，危险！岚子察觉到獒强烈的攻击意图，发觉对面除了那头獒，竟然夹带着 4 条藏狗。

瞬间，岚子和黑虎连人带马被团团包围。

岚子说到这里，又点了一根烟。

“阿扎，后面的事我不想多说了，结局就是黑虎一对五，咬死两头，为了救我，自己被那头獒咬死了。”

可能是回想起多年前的往事，我看到他的眼眶有点红。

“本来是不想告诉你这些事的，过去就过去了，再想也没用，做好现在想做的就行了，想那么多，扯淡。”

说完，岚子起身上楼，看着他萧瑟却又坚强的背影，我突然明白了什么。

西藏，那里有许许多多类似岚子这样有故事的人，他们不分民族，不分信仰，他们默默无闻地生活在这片土地上，他们热爱生命，他们信仰神灵，他们精神奔放，他们自由狂野，他们的心胸像纳木错一样宽广，他们的歌声像天籁一样穿透心脏，他们脚踏在藏羚羊奔腾的草原上，仰望着最辽阔的天空，与太阳近在咫尺；他们口中诵经，手转经轮，转山转湖，一圈、一圈永不停歇，行走在原始与现代、天堂与俗世的路上。

◎ “穷游很艰苦，搭车风险也很大，但是总会有一个彼此真诚与信任的你和我出现。所以，我想把这份美好的信任保存下来，传递出去。”

色即是空

我开始酗酒，但没有什么用。然后找各种事情做，洗了一遍的衣服重新再洗一遍，床头的《圣经》倒着念，去寺庙找僧人和居士聊天。我试图通过宗教来寻求生存的答案，依然无功而返。

8 年前，香格里拉松赞林。

洛桑跟我讲述了一个神奇的故事。

古印度三主神之一的守护神比湿奴喜好捉弄那些不虔诚的信徒，在他们眼睛前盖上一张透明的魔布，人们透过魔布无法看到真实的世界，只看到黄金数之不尽，美人赤裸撩人，皇冠上的宝石更加璀璨夺目，却不知黄金是狗屎，美人是风化的白骨，皇冠是死人的双眼拼接而成。

于是，人们沉迷于美人与金钱无法自拔，欲望与野心如夏花般绽放。人们挥舞着武器互相残杀，杀戮，抢夺，暴戾，当他们霸占了数不尽的女人，站在白骨累累的权力顶端沾沾自喜，为自己戴上皇冠加冕为王，自以为开天辟地时，比湿奴冷笑着驱散了魔布的法力，狗屎与白骨赤裸裸地暴露在所有人面前。人们方才醒悟，流着忏悔的泪水跪倒在比湿奴面前。

“我们每个人都逃不过魔布的考验。”洛桑咬着花生米用半生不熟的普通话如是说。

我把这个故事转述给了阿狼。阿狼不以为然。然后没多久，他就跳山了。

从海拔 1000 多米的山顶一跃而下。

那天万里无云，站在山顶可以一眼望穿整个群山。从山顶到山崖下垂直距离至少 300 多米，阿狼停留在半空中的时间应该有 6 秒左右。

我一直很想知道，在这 6 秒的时间里，阿狼会想些什么。

阿狼的尸体在第二天清晨被附近山村一个采药的老头发现，老头在接受警察盘查时一直在懊恼：死状太惨烈了，就好像一个从 6 楼摔下的西瓜一样，粉身碎骨。昨天下山时，我看到他一个人背着包往山上走，如果当时我拦住他就不会发生了……

阿狼没有亲戚，我是阿狼唯一的朋友。上山料理后事时，我一直没有看到阿狼的女朋友出现，那个娇小扎着马尾的女孩，那个对着阿狼山盟海誓走遍大山的女孩。公安在现场勘查，我一直坐在旁边的石头上沉默，一直到抽完整包烟，一直到把阿狼的尸体送到火葬场以后，我也没有勇气上前看一眼他的遗容。

法医出来的结果在意料之中：排除任何他杀与失足的可能性。

随后一段日子里，阿狼如同山上的白云一样，消散在人们的视野中，偶尔还会有圈子里的驴友上山时想起：那个叫什么狼的，就是在这里跳下去的，整个头都摔没了，可怜啊。

阿狼走的那段时间，我的生活很难过。每天凌晨惊醒，都会想到他的尸体和一地的血。

我开始酗酒，但并没有什么用。然后我找各种事情做，洗了一遍的衣服重新再洗一遍，床头的《圣经》倒着念，去寺庙找僧人和居士聊天。

我试图通过宗教来寻求生存的答案，依然无功而返。

我用了很长一段时间才逐渐接受了这个现实。

多年后，我在街头看到了她，当年阿狼的女友，依然是那么瘦小娇弱，依然扎着漂亮活泼的马尾，不过陪在另一个男人身边。那个男人开着宝马，停在一家酒店的门口。我坐在对面的街边摊吃面，然后看着她满脸幸福地挽着男人的手走进了酒店。

“妈的！”我本能地抓起电话准备通知阿狼抓奸，突然发现，原来他已经走了很多年了。

“算了，人都不在了。她早就不是他的女人了。”我安慰自己，然后拼命忍着泪水吃完面条。

很多年以后，我认识了Z。

我把魔布跟阿狼的故事同时转述给了她。

我希望她能在两个似乎无任何联系的故事中受到启发并有不同的见解与思考。

正如所有世人约定俗成的想法，Z对魔布的故事仅仅停留在不置可否的程度上，对阿狼的遭遇也仅仅停留在自杀是懦弱无能的程度上。

Z是一个很文艺同时很务实的女孩，文静，爱笑，长发，一如当年阿狼的女友。

她有着不同于普通女孩的洞察力与见解，这是最难能可贵也是最吸引我却同样是导致我们说再见的一点。

Z 离异，还有一个年幼的孩子。所以，从某种角度上来说，我认识 Z 本身就是一个错误，不会有多好的结局。

而最大的错误，就是我的一错再错。

对于 Z，我真的不想说太多。

如今，阿狼走了，他的马尾也成了别人的女人。

我却依然半死不活地坚守着一个死人和另外两个已经毫不相干的外人的世界。

半年后，德令哈。

我坐在海子的大理石雕像前，抽完了一包烟，把魔布、阿狼、Z 的故事转述给了海子。

德令哈的阳光温暖醉人，纪念馆后面的巴音河结着一层厚厚的冰，异常坚硬。漫步在巴音河的冰面上,我迎着怒吼的北风放声朗诵《姐姐，今夜我在德令哈》。

每年都会有数不清的疯子来到德令哈，做此类世人无法理解之事，德令哈市民早已见怪不怪，所以遇见的陌生路人始终对我微笑。

离开德令哈前一晚，我一个人坐在海子纪念馆的角落里喝酒，涂鸦。工作人员送了我一本海子诗集，并特地用馆里电脑给我点了一首赵雷的《未给姐姐的信》。

“叔叔，你画的是什么呀？”工作人员的小孩抱着一只白猫，悄悄坐到我的身边。

“你猜？”

“肯定是太阳！”

“为什么呢？太阳万丈光芒，可我画的只有黯淡无光，明明是月亮。”

“因为所有喜欢海子哥哥的人都热爱太阳。”孩子笑眯眯地抚摸着白猫，一字一句地说。

“你见过不会发光的太阳吗？”

“见过呀，乌云盖住太阳就看不到光了，可是乌云总会散去的吧。”

返回旅舍，老板笑盈盈地递给我一根烟：“看海子回来了？”

我决定明天就赶回拉萨，我想他们了。

一天后，德令哈至拉萨的火车上。

我遇见了流浪歌手阿郎。

午夜，我看见他坐在过道上独自喝酒。

我递给他一瓶一直没舍得喝的二锅头。

我说：“我有个朋友，也叫阿狼，你想听他的故事吗？”

阿郎不是阿狼，Z也不是德令哈的姐姐，魔布或许存在，就如世间一切的幻象遮盖着我的双眼。

或许，一切都没有发生，或许，一切都是假象，花开花落，无常又有常。

◎ 经文里，仿佛站着一位老人，慈祥的笑脸对着我说：“孩子，把手给我，我来渡你。”

不再孤独的孤独

没有社交，没有业余生活，没有希望，没有爱情，除了工作还是不停地工作。我把自己锁在那间出租房里，房间常年昏暗不见天日。

与驴友阿J上山拉练。

日落时分，我跟他坐于悬崖边，面朝地平线眺望夕阳，边喝酒边吹牛。然后，两人沉默了。

阿J回过头，神情幽幽地看着我，他说："阿扎，如果你是我女朋友就好了。"

画风瞬间就从盖世豪侠惺惺相惜，变成了断背山。

不过，我是能懂阿J的意思的。

他的意思就是，如此静好的岁月，如此美好的画面，如此绝佳的风景，如此浪漫的氛围，竟然不是与女友海誓山盟，而是两个大老爷们嗑着瓜子相对无言，怎么想，都觉得孤独与悲情。

我回答，其实我也是这么想。

阿J呸了几口，羞涩地跑回帐篷说开饭再喊他。我则继续喝着酒，躺在悬崖边，看着天空上的一片火海，壮烈而唯美，就如维苏威火山般烧遍整个世界。

阿J是我在户外圈里为数不多至今还在联系的朋友之一。

之前，他找我，说最近生活很不好，心情极度恶劣。他想跟我上山散散心。

我犹豫了下，最后说，带上装备过来吧。

背包出门不带人一直是我的原则。这是我对人性的通透与绝望，也是对自由的贯彻。

更多的是，一个人，孤独惯了。

我始终认为，人是群居性动物，但也是独居性动物，只要你耐得住寂寞，忍得了孤独，学会并拥有独处的能力，不随波逐流，那么就可以完全做到大隐于世而一尘不染。

这个观点大概是7年前的时候开始生成的。那会儿刚北漂结束，独自一人在杭州打拼。朝九晚五，工作压力巨大，长期的精神压抑导致了我严重的社交恐惧与自闭。

整整一年里，没有社交，没有业余生活，没有希望，没有爱情，除了工作还是不停地工作。我把自己锁在三墩的那间出租房里。房间常年昏暗不见天日。厌恶灯光、日光，所以晚上很少开灯，也很少拉开窗帘。

我开始学会自己与自己对话，与毛巾对话，与天花板对话，与马桶对话。我的神智是非常清醒的，因为我仍然可以轻松背诵引用尼采的精神三变与超人哲学。

我的手机常年关机，父亲联系不到我就跑来杭州找我，但是我避而不见。我不想让他看见我当时极度糟糕的状况。但最后他还是发现了。

那时候的我就如同一个歇斯底里的疯子一样，暴露在家人面前。脆弱不堪、极端暴力。

父亲说他没想到我背井离乡几年会变成这个样子，他很失望。他以为我是条汉子，再大的苦难也可以挺过来。结果却如此轻易地被击垮。

我更失望。

那会儿的我还没想过做一条汉子，只是想做一个善良博学无公害的小鲜肉。

那时候的我皮肤还没有这么黑，皱纹没有这么多，细皮嫩肉，身上没什么伤痕，走路习惯低着头弓着腰。看见美女会慌乱，然后不忘记偷偷瞥一眼再匆匆闪开。

最后父亲回去了，我烧掉了所有尼采的书，递交了辞职报告。

这是我不曾向任何人提起的回忆。

阿 J 在帐篷里叫唤着："饿啊，饿啊，还不做饭啊？"

我叼着烟，不顾烟灰飞舞掉进锅里，用所剩不多的汽炉硬是做了满满两大锅面条。然后我和阿 J 说："你不吃完就把你丢下山。"

天色已黑，我跟他盘坐在帐篷外，抢着锅里的咸菜豆干。

"阿扎，如果没有你，我今天是绝对不可能一个人上山，一个人太无趣，也危险。就比如这个扎营地，风景超 5 星，安全系数负 5 星。旁边有坟，有野狗，还有蛇，离悬崖就几步距离。要是叫我一个人待这儿一晚上我会崩溃的。"

"你就知足吧，跟在西藏时走的路比起来，今天只是过家家而已。"我满脸鄙视。

"你一个人在大西北徒步，真的不害怕吗？"

我放下筷子，想了想："你会因为担心上班路上随时有可能发生车祸而从此不去上班吗？"

阿 J 叹了口气："这么多年了，你 Y 女朋友也不找，婚也不结，年年往西藏跑，命也差点丢掉，一个人这么多年，值得吗？”

“你认为值就值，不值就不值喽。是吧，自己选的路，跪着也要走下去。”

“可你有没想过你会不会选错了路，你有想过以后老了咋办，我是教体育的我知道，运动员老了都是浑身伤痛，万一以后你断胳膊断腿地回来，父母也老了，谁照顾你？现在你身强力壮，可以一个打 3 个，五年后十年后呢？你确定你一个人真的能走完这条路？”

我明白阿 J 是肺腑之言。我没回答。趁他的激动劲扫光了锅里的所有咸菜。

然后，我给他讲了豆豆的一个故事。

豆豆老家隔壁有一所私人学校，学校旁边住了一个年迈的尼姑。读中学的时候她跟这位尼姑经常聊天，老尼姑说她平时一个人念念佛、种种菜生活挺好的，但有时候真的只想跟人说说话。所以她就搬到了学校旁边。每天都可以看到活蹦乱跳的孩子们经过她家门口，她就笑呵呵地坐在门口看着他们。有些孩子还会跟她说话，她会很开心。没过几年，尼姑就去世了，冷冷清清的，然后房子也被拆掉了。豆豆每次回老家就会想起那个尼姑，她说她忘不了她落寞孤独的神情。

“豆豆不希望我以后会是这样的结局收场。”

我跟阿 J 各自点了根烟。

“我觉得我这辈子真的挺赚的，想做的，喜欢做的，目前能做的都做得差不多了，不要如此计较得失，不要只感到孤独，而忽视了实现梦想的成就感与带来的力量。”

我异常严肃地对着阿 J 说。

“如果说，通往真理与梦想之路的代价必须是孤独一生，那么，我无怨无悔。”

阿 J 被我点起了熊熊烈火，起身把手中的啤酒一饮而尽，我以为他要干点什么气壮山河的事，结果他一下钻进帐篷呼呼睡去。

阿 J 的过去我知道得不多，每次问起时他就支支吾吾的，我骂他娘们一样一点都不痛快。其实阿 J 的过去很简单，大学的时候谈了女朋友，毕业后分离两地于是和平分手，他去了隔壁城市的一个小学做体育老师，如今偶尔骑车，坚持锻炼，烟酒不断，生活感叹，波澜不惊，平平淡淡。

我们每一个人的生活大都是如此。或许人生曾经有一段时间如烟花般璀璨绽放，但最后总是要回归平和的生活。有高有低，有起有落，有上有下。

如今，我才懂得，有起有落才好玩。而不管生活过得如何，总归是只属于自己的东西。与父母无关，与朋友无关，与爱人无关。日子，只与自己的内心有关。你想过怎么样的日子，取决于你想要成为什么样的自己。

守好自己的那亩良田。天地万物皆有灵性，自会对有“智”之士喜笑颜开。

那么孤独，也就不再孤独了。

◎ 我为自己设计过很多条路，却从不关心每条路的尽头是否都有一扇门。

我们总是习惯了带有强烈目的性去走，去看，去想。

仿佛失去目的，我们就是在浪费时间。其实，只有在这个过程中，我们才会明白自己想要什么。

老狗

老狗脸一横："叫你喝就喝，老子没钱买酒吗？大男人扭扭捏捏跟娘们一样，男人，就要喝最烈的酒，爱最爱的人！"

（一）

老狗是早年我在山南认识的一哥们，结识他也算是一段奇缘。

那天，住在江孜，整个小旅馆二楼只有我跟另外一哥们住宿。

午夜，我被县城里的野狗叫闹得无法入睡。而住在我隔壁房间的那哥们，还在用非常不标准的普通话煲电话粥，小旅馆的墙不隔音，那雄壮的电话声犹如《黑色星期天》，催人命。

赶了一天的路，我已经非常累了，尤其是白天在白居寺已经略微感觉到有高原反应，想来想去，还是忍住去踹门的冲动。

电话持续了 20 分钟声音也越来越大，我忍无可忍，点了根烟，提起拖鞋准备去隔壁砸门，电话声就戛然而止，接着，响起一阵敲门声。

我心急火燎地打开门，隔壁那哥们站在我面前，咦？手里还提着一瓶啤酒，不是吧，我这门还没开始砸啊，他是想先发制人？

“实在不好意思，刚才和女朋友通话，打扰到你了，SORRY，SORRY！”那哥们咧开嘴，露出一口黄牙，我顿时傻站着不知道该说什么了。

“没事没事，反正外面的狗叫得那么凶，我也睡不着。呵呵……”

说完这句话，我意识到有歧义，想后悔都来不及了。

那哥们没在意，把啤酒递给我："来，这酒你拿去喝，当我赔不是。你是前天从拉萨来的吧？我在拉萨西车站看见过你。"

"我昨天来的。"

"我靠，又认错人了。"

遇见这么直爽的哥们，我还能说啥，我的火气就像被浇了冰水一样立马下去了。

后来，我才知道这哥们叫老狗，而那天晚上，我跟老狗跑到旅馆阳台喝了一晚上的酒，起初吹了一瓶我就摆手说够了够了，老狗脸一横："叫你喝就喝，老子没钱买酒吗？大男人扭扭捏捏跟娘们一样，男人，就要喝最烈的酒，爱最爱的人！"

我内心一哆嗦，这拉啤算哪门子烈酒。

那晚，跟老狗聊了很多很多，他说他要去很远很远的远方，远到被所有人遗忘，包括那个负心的女人。

我喝得很醉，直接躺倒在阳台上，望着璀璨的银河心满意足地匆匆睡去。

第二天醒来，老狗已经走了，没有留下任何联系方式。当我退房时，老板告诉我老狗的酒钱还没付。

离开之际，我回到阳台看着一堆空酒瓶，叹了一口气。我倒不是心疼几十块钱，只是，老狗就这样突然出现，突然消失，太不靠谱了，在我内心里，我已经把他当成了朋友。

而当年，《后会无期》还没上映。

倒是他说的那句话，至今还留在我脑子里。

浮浮沉沉，告别流浪生活已多年。一个人在老家车水马龙的大街上溜达，看着身边擦肩而过的那些艳丽性感的年轻女子，我会蓦然想起老狗的那句话，随后哑然失笑。身边的陌生女孩横着眼打量我这个奇葩。我不停地告诫自己，这里是内地，万万不可对任何人说出这句被当作流氓的话。

可是,我是多么怀念当年那个能够自由高喊无所顾忌的流氓老狗啊。

（二）

青鸟告诉我，这几年他过得很不好。

青鸟是我认识多年的骑友，在某 500 强工作。他那弱到爆的体能跟永远接不完的客户电话让我丝毫不用担心和他出门骑车会出现你追我赶的玩命场景，而我有事没事就爱停车抽根烟的习惯正好迎合了他的口味，于是我们一拍即合，成为骑行好搭档。

而这几年，青鸟几乎放弃了他喜欢的事。用他的话说，人总要面对现实的生活。

青鸟在为买房发愁的时候，我已经放弃了买房的想法。

青鸟在为相亲结婚发愁的时候，我依然坚持着独身与丁克。

青鸟在为工作发愁的时候，我已经彻底把工作看成了一种完成梦想的手段与工具，而不是人生的最终目的。

我从来不会劝身边的人包括青鸟也走上我这条路，因为他们有他们的世界，他们渴望爱情，渴望家庭，渴望一切人们所渴望的。

而我所渴望的，仅仅只是内心的平静与了解这个世界的真相。

我不是尼采，不会嘲讽对十字架顶礼膜拜的人，也做不到人冰那样，既能朝九晚五，又能自由翱翔，我清楚我内心的强大和面对现实时的无奈。

我只能告诉他，记住一句话：喝最烈的酒，爱最爱的人。

青鸟很诧异，或许在他眼里，我一直是个斯文人。其实并不是，骨子里我依然是一个流氓，一个坚持自我的流氓，只是如今变成了一个懂得自我保护圆滑的流氓。

在青鸟身上，我看到了所有80后青年如今正在忍受的煎熬与选择。这是我选择跳过或者是还未准备好迎接的阶段。

我想告诉他的是，无论你换成我，还是我换成你，这个世界的表象始终不会改变，我们所能做的，仅仅是不要被这个世界轻易改变自己的本性，即使买房，即使相亲，即使因为工作跪着身低着头做人，即使一个人去了远方，也不要忘记自己到底是谁。

这个世界，只有一个老狗，也只有一个青鸟，如果跟其他所有人都一样，复制粘贴的人生，那么老狗跟青鸟也就不会被我所铭记。可以卧薪尝胆，可以蛰伏待机，可以虚怀若谷，可以大智若愚，只要不是随波逐流。

对了，老狗，你欠我48块的酒钱什么时候还?

◎ 先媚世俗，后达理想——这是我能想到最好的苟且。

◎ 在狼塔，我明白了一件事，与其用孤独与痛苦去引导世界，倒不如用克服孤独痛苦的力量去引导世界。

◎ 相信我，西藏没那么重要，徒步、骑行没那么牛逼，这些都是我们寻找世界真相、寻找自我的其中一个途径而已。去了西藏，并不代表你就能得道升华，也不代表你胜于他人。

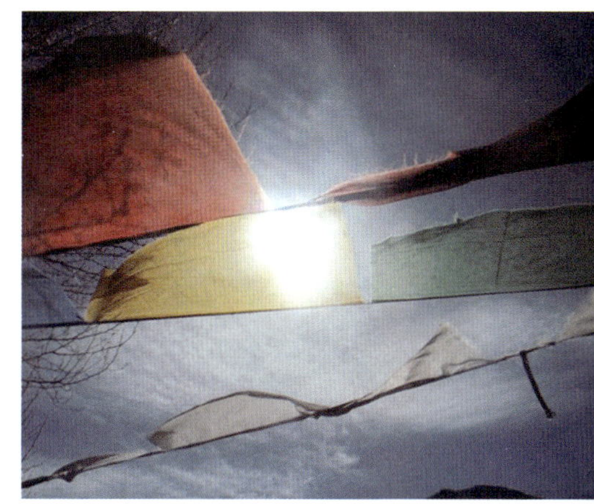

◎ 这是你自己的路，自己的事，自己的梦想，仅此而已。

杀死
那个男人

坐在帐篷外，我点了根烟，手提军刀，浑身发抖，独自面对不知会何时降临的危险。

（一）

出发狼塔前，我找了蚊子和P，帮助拍摄我构思已久的关于旅行关于狼塔关于离别关于生活的微电影素材。

蚊子的台词与背景：深夜，站在空寂无人的公交站前，面对镜头，放声歌唱："我在这儿等着你回来，等着你回来，看那桃花开……"

身后是偶尔呼啸而过的车辆，闪烁迷离的路灯，漆黑一片的写字楼。

蚊子没有辜负我的期望，深情演绎，重复拍摄了3段，只是他把歌词最后一句擅自改成了：把那菊花摘。

我用颤抖的右手关上镜头盖，对他说："滚。"

而P只有一句台词。

其实我给她设计了一大段。

P满腹抱怨："好麻烦的，你还是找其他姑娘吧，我绝对不吃醋。"

"既然你已经决定了，那就没什么好说的了。为什么你非要去找死呢？"

P的背景设置在十字路口的红绿灯下。

"红灯，你看着我，面无表情却又掺杂了纠结与绝望，说完台词，然后绿灯，你转过身离去，再也没有回头，消失在人群中，仿佛我们从来都不曾相遇。”

然后，P 真的就转身离去，再也没有回头，身影消失在夜色中。

一个月后，回到老家，跟蚊子喝酒，谈到了 P，我百思不得其解：“你说，P 是不是太入戏了？”

蚊子讽笑：“是你个傻逼太入戏了而已。”

（二）

在狼塔的第一个晚上，我突然有点想念 P。

原本我以为跟她的距离仅仅相隔那么点，但是这个时候整整相隔了一个中国——她在最东，我在最西。

她在台州的不夜城里车水马龙，浮华而喧嚣。

我在狼塔的群山中大雪纷飞，孤独而寂寥。

摸了摸结冰的裤腿，我意识到形势严峻，不能再胡思乱想，我必须开始思考如何解决面前的一大堆难题。

由于白天无数次过河，其中两次河底打滑险些被河水冲走，此时我的下半身已完全湿透，裤管全部结冰。从白杨沟达坂呼啸而下的刺骨的雪水，其恐怖程度已经超过人类的想象。大雪不停，体力严重透支，我理智的选择在峡谷深处的一棵大松树下扎营。

周边找不到干燥的柴火，我感觉到自己的体温在一点点地下降。

“烤不了火，看来，只能先换上备用衣裤了，希望明天雪能停。”

从帐篷外抓了一把干净的雪丢进嘴里，我用尽全身力气去河边打了水，开始做晚饭。

不喝点热水，怕是今晚熬不过去。

这条路，我终究过于自信了。

我对了下手表，6 点 50 分，这个时候，老家应该天黑了，人们也该吃完饭去散步了吧。而这里，太阳仍未西下。

气炉的火苗噗噗地跳跃着，我点了根烟，安静地坐在树下，傻傻地看着天空中的日月。

“阿扎，你是我见过单人走狼塔里装备最精良的，我相信你完全可以走完 C 线！”

出发前，自在哥对我信心满满，并抓了 5 个苹果给我，“每翻一个达坂就吃一个，吃完，你就出来了。”

“自在哥，让你失望了，第一天就走得如此狼狈，妈的。”

我自言自语，往嘴里塞着半生不熟的米饭与热汤。

“哎，你一个人？”

“谁？”我被惊吓到，连忙转身。

“别怕，我是住在旁边的牧民。”

只见一个背着柴火的哈萨克妇女走到我面前，摘下头巾，笑呵呵地看着我：“你一个人吗？冷不冷，要不要去我那儿烤烤火？我家就在旁边的山坡上。”

“好好好，亚克西！”我飞快地扒完米饭，抓起换下来的湿裤湿袜跟着她回了家。

我曾经问过自在哥一个问题：“为什么每次我出门总能遇见贵人，比如说你吧？哈哈，虽然说我这人最不喜欢麻烦别人，但是出门在外，一个人能力再强再大也是有限的。”

自在哥脸色凝重地回答我：“与其说你运气好，不如说你是福人，走到哪儿就把福气带到哪儿。”

哈萨克大姐把我带回了她的木屋里，屋里还有她的 3 个女儿，一个叫阿伊娜拉，一个叫哲林娜，还有一个刚出生没多久的小女儿。

阿伊娜拉约莫五六岁，对我很好奇，在我烤裤子的时候坐我旁边不停地看着我。我抓了身上几块巧克力给她和她妹妹。阿伊娜拉会说一点点的普通话，她问我，“叔叔，你从哪里来呀？”

“叔叔啊，从很远很远的大海边来的。”

蓦然，我想起了在西藏白居寺遇见的孩子次仁。

他也曾这样问我，我也曾这样回答。

阿伊娜拉和哲林娜从小在白杨沟山里长大，没有出过山，没有去过县城，山里没有任何信号，见到的陌生人也只有进山考察的探险队以及一些不怕死的驴友，每天面对着雪山与白杨沟河，她不仅要照顾妹妹，还要照顾家里的牛羊。她的普通话是他父亲所教，而她父亲前几天骑马出山采购生活用品去了。

近黄昏，我出屋子抽烟，发现她站在木屋门口眺望着峡谷的东北方，那里是狼塔进山的方向。

“爸爸都是从那边回来，好几天了，应该快回来了呀。”

阿伊娜拉对我说，眼神里满是焦急和无奈。

“放心吧，你爸爸肯定会平安归来。”

我安慰她。

天黑了，阿伊娜拉送我回到扎营处，我拿了 3 个最大的苹果让她带回去。

“叔叔，你还会回来吗？”

“会的。只要叔叔能活着回家，以后一定回来看你！”

“叔叔，我想去看看外面，我想去看看大海。书上说，大海是蓝色的，很美很美。叔叔，我想吃肯德基，爸爸说县城里的小孩都爱吃这个，叔叔，我以后可以骑马去找你玩哦，叔叔，再往前走河谷附近会有狼，你要小心啊……”

阿伊娜拉的母亲站在木屋前喊她回家，阿伊娜拉恋恋不舍，终究离去。

（三）

夜深了，远处仿佛有狼嚎声传来，钻在睡袋里辗转反侧，呼气成冰。

我想起了 Y。

Y 曾经说过，我是她这么多年唯一一个真正想停下来，想结婚的人。我说，我也是。

可即便如此，每次我都忍不住劝她，你还年轻，不要因为我如此自暴自弃。

这个段子其实来于老唐。

老唐跟我提起，当年玩摇滚玩乐队时，有不少特年轻特漂亮的果儿爱慕她，老唐以不能自暴自弃为借口统统拒绝。“怎么样？这牛吹得够可以吧，啊哈哈！”老唐对我习惯性地贱笑。

我相信老唐真的不是一个会睡果儿的人。

认识老唐，我想想，对了，六年前那会儿，想学吉他，然后就上了老唐的贼船。

当我发现，我用了一个月的时间只学会两个和弦，生硬地弹奏出生日快乐时，跟我一起拜师的小学生已经可以摇头晃脑地疯狂弹着“死了都要爱”，我心灰意冷，无奈放弃。

老唐的陈年往事我知道得不是很多，但是6年前他的前女友我印象深刻。

他前女友因癌症晚期而离去。

那段时间，我正在西藏流浪，与老唐联系得不多。

知晓后，我一直担心他抗不住。

可，老唐内心的坚强程度超乎我的想象。

“阿扎，咱俩都是那类狂傲不羁的人，爱自由，爱流浪，心里大得能装下整个世界，关于她，我一直都想得很开，你不用安慰我，很多东西都是命里注定的，强求的都是傻子。”

那是我、老唐、青鸟三人一起喝酒时，老唐说的话。

如今，他即将为人父。

我发自内心地为他开心和祝福。

清晨，睁开蒙眬的睡眼，我拉开帐篷，雪已经停了。

日光照在帐篷上，冰一点一点地化成了水。

阿伊娜拉在不远处的山坡上向我招手。

“你还没死啊，那还不起来上路！”

（四）

继续往河谷深处挺进，周边越加的荒凉。

从哈萨克大姐那儿得知，他们是冬季来临前留在狼塔无人区里还未迁徙的最后一家牧民。

也就是说，在接下来的日子里，我不会再遇见一个活人。一直到从近 300 公里外的 C 线终点巴伦台出来。

“你害怕吗？”

“肯定害怕，补给只够 12 天的量，从大水罐起点到这里竟然用了两天，离 2900 营地还不知道要走多久。剩下的 200 多公里山路怕是更难走了。”

“幸运的是雪停了，不幸的是，雪水融化，白杨沟河与台河水必定上涨。你不要忘了这些年被台河水冲走的几个驴友。”

“记住，能不过河就不过河是你的原则。”

“可是，积雪太厚，覆盖了羊道，即使跟着黄羊的脚印能分辨出正确的羊道，但全是冻土太过泥泞，而且全都靠近悬崖，你说怎么办，冒险过河还是冒险走羊道？”

“随机应变吧。”

“也只能如此了。”

我坐在奔腾的白杨沟河边哆嗦着抽完烟，开始与自己对话，强烈的孤独感开始影响我的判断。我必须时刻保持清醒。

音乐是个好东西。

每次挫折感爆棚的时候，我只要打开跟随了我 4 年的小音箱，马上就如打了肾上腺素一样。

所以，我吃了个大苦。

翻一个近 70 度斜坡的羊道时，正放着 TAB 的摇滚，跟随着节奏我大步流星，左脚踩滑，直接从羊道上摔下悬崖。

背部着地，背包起了缓冲作用，但还是痛得我倒在雪地里不停呻吟。

“我 X，有河不过，非要爬这么陡的羊道，痛死老子了。”

这一段的悬崖并不高，也就 4 米左右，但是我足足躺了 10 分钟才支撑着爬起来。

“老子宁愿过河也不想爬这烂路了！”

我对着群山大喊，没有任何人回应我。

我关掉音箱，换上溯溪胶鞋，忍着河水刺骨的冰冷，艰难前行。

太阳慢慢爬到了西边，体力开始透支。

我发现了山脚下一座牧民迁徙而留下的空石屋。

“现在是下午 4 点，是留在这里扎营，还是继续前进？”

“天黑还早着呢！你留个 P，你想在山里待到过年吗？”

“可是这么好的扎营地，你看，可以挡风遮雨，太阳这么大，可以晒下衣服，而且太阳能充电板也可以好好地充下电了，万一接下来几天又下雪，手机没电，没有卫星定位，怎么走？”

“也有道理，虽然又耽搁了进度，得了，就在这儿扎营吧。不过听阿伊娜拉说这一带有狼，做几个陷阱吧，以防万一。”

我卸下背包，搭好帐篷，晒好衣服，充好电，打好水，准备好晚饭，然后在周边检查了一圈，天色逐渐暗了下来。

我开始在石屋前做陷阱。

陷阱很简单，用随身携带的打火机油浇在绳子上，屋子入口处缠绕几圈再拉到帐篷前，再用登山杖顶住门口交叉，用石板树立填补在缝隙处，这样只要有野兽意图闯入，石板就会应声倒地，我就能第一时间知道，只需要拉住绳子轻轻一点火，哈哈，红烧狼肉！

接着，我把金属锁扣与筷子塞进口袋，把音箱放在枕头处。

狼怕铁器的敲击声与噪音。

最后，我用厚厚的干毛巾包住脖子，一可取暖，二可防止狼撕咬喉咙，再把军刀往帐篷拉链处一挂。

搞定！

做完一切后，我舒了一口气，钻进帐篷。

万籁俱寂，我睁着眼，难以入眠。

这个时候，父母应该还在看电视，张老师应该还在上架子鼓课，蚊子估计在撩妹，老唐应该在学生面前狂拽酷炫。

P 会不会在跟其他男人约会？ Y 是不是躺在另外一个男人的床上？

谁会当选美国总统？家里的非洲鼓长期放包里鼓皮会不会裂？

我翻开手机，一如往常的无信号。

翻看着相册里的旧照片，内心跌宕起伏。

即使身在山高雪白的无人区，我依然牵挂着外面的世界，外面的一切。

嘴巴里说着，无牵无挂，实际上牵肠挂肚。

我叹了一口气，缩紧睡袋，准备入睡。

“呵……喝……呵……喝……”脑袋朝向的石头缝处，传来了清晰的呼吸声。

“我 X！”我内心暗骂，“怕啥来啥！”

我清楚地知道，屋外来了个危险的家伙，头皮瞬间发麻。

“等等，先不要乱动，以不变应万变。”

“先听听动静，判断是什么动物！”

“听脚步声，轻盈有力，体型不会太大，呼吸声平缓中带点急促，绝对不是黄羊之类。”

“是狼！我 X 你大爷的！”

脚步声开始缓慢而有规律地围绕着石屋转圈。

我抓住军刀，缓缓打开睡袋。

“动静先不要太大，不然会让它躁动，从声音判断，应该是独狼，还有的一拼，如果超过两头，群狼……”

我的眼前一片漆黑，虽然早年有过几次遇狼的经历，但都是有惊无险，今天不同于往日，是真的要玩命了。

我闭上眼，一边倾听屋外的动静，一边内心翻江倒海，苦苦思索对策。

“首先，我不能杀了它，不然可能会引来狼群，但是也不能让它进屋，没有 100% 的把握，狼是不会发动进攻的，也就是说，目前狼对屋里的情况还一无所知。”

“没错，所以你只要让狼始终在屋外不敢进来最好，不要暴露自己，让它摸不着头脑。”

我突然就想起了出发前，自在哥一再要求我带上鞭炮，用来吓狼，但是我转念一想，你带，我也带，这要是每人都带鞭炮进山，狼也就习以为常，形成免疫了，要是突然来个新鲜的玩意，管保吓死 Y 的。

“那么，就只能先用音箱了！”

我抓住音箱，颤抖地按下播放键。

“期待着你的归来，我的小宝贝……”

“我 X，小宝贝！”我凌乱了，再次按下播放键，瞬间警笛声如雷般发出。

屋外的脚步声戛然而止，随后，慌乱地狂奔而去。

“真是好东西啊，当年骑行的时候买的单车音箱，原本这警笛声是做喇叭用，没想到今天会用在赶狼上。”

我松了口气。

开玩笑，方圆几百里没有人烟，寂静无声，突然来一首威武雄壮的《小宝贝》，再来个警笛声，不吓死你我跟你姓！

我洋洋得意，点了根烟压压惊。

“你个棒槌，狼聪明得很，你信不信一会儿又会回来！”

我的心沉到了谷底。

我不再犹豫，起身打开头灯，检查陷阱，完好无损。看着屋里天黑前捡回来的小堆柴火。我想了想，与其坐以待毙，倒不如直接点燃柴火把门口封死，以逸待劳。

我如释重负，突然发现一个非常严重的问题。临睡前，图省力，站在帐篷里朝外方便，柴火被我尿湿了一大半。

“你大爷的！”

“没办法，加固下陷阱，先用打火机油浇干草上救急吧，只要狼进不来，能奈我何！”

做好一切后，我内心逐渐平静下来。

我一定要活着回家！此刻，求生的欲望无比强烈。

坐在帐篷外，我点了根烟，手提军刀，独自面对不知何时会降临的危险。

大约过了 20 分钟，我再次听到屋外的脚步声，我眼疾手快，警笛声和锁扣敲击声连续响起。

“跑啊，跑你大爷的，跟老子斗？老子砍你跟砍西瓜一样！”

……

就这样，我跟它对峙到凌晨，脚步声才彻底消失，再也没有出现。天开始蒙蒙亮，我则是一夜没睡，疲倦不堪。

“我 X，你还活着啊，那睡到中午再赶路吧！”

出山后，询问自在哥，我才得知，我所扎营的地方离河谷周边山上的狼窝很近。探路时，自在哥经常在那儿发现成堆的狼粪。

“你真心福大命大！”自在哥如是说。

（五）

“如果没有遇见你们，恐怕我是真回不了家了。”

这是出山后，我对华哥说的话。

华哥比我早一天进山，出发前在自在哥的户外店里买气罐，然后买馕、买鞭炮，他们的体力跟装备都很不错，我算了算，他们至少能早我好几天出山，如果一切顺利的话。结果他们进山的那天下午，呼图壁开始下雨，那么山里必定大雪。

出发那天清晨，自在哥为我准备了早饭，热乎乎的菜羹，在人生地不熟的呼图壁，自在哥一家人让我感觉像在老家一样的温暖。

自在哥几人决定亲自开车送我到狼塔起点。

在大水罐下车后整装出发，雪纷纷扬扬。他与菲菲姐在远处不停地冲我挥手："阿扎，你一定要好好地出来啊，我们都等你的消息！"

"我一定会出来的！相信我！"我狠狠地咬了咬牙。

第三天的路更加难走，虽然不再需要过河，但是羊道上积雪深厚，坡度已经近 80 度，略微不小心滑一下，就会直接滚落山崖。

短短 3 公里的山路，走了整整 4 个多小时。不停地上山，下山，再上山，再下山，随处可见深不见底的冰窟窿，动不动就滚落大石的山崖，羊道消失了，只能寻着动物的脚印前进，没有脚印就只能自己想办法在危机四伏的雪坡上走 Z 字形开一条路。

为了追赶前两天丢下的进度，我拼命地往前赶，水已喝完，体力透支，已没有多余的力气与时间烧水，我开始大口吃雪，如果天黑前到不了 2900，将会严重影响到后续的进程。

已经走到了白杨沟河谷的尽头，离 2900 营地还有 2 公里。四周三面被雪山包夹，河谷里全是错综复杂的黑色乱石与泥沼地。

“哎，这里绝对有陨石！”

“陨你个头啊，就现在这怂样，还想搞石头带回去？你是嫌包不够重吗？”

“机会难得，说不定摸块好石头回去，以后徒步罗布泊的费用就有了！”

“你脑子瓦掉了！”

“你脑子秀逗了！”

一番激烈的思想斗争后，我果断放弃了带石头回去的想法。命才是最重要的。

在爬上 2900 营地前最后一个雪坡时，我看见了 3 个人影。

“我 X 你大爷，我 X 你大爷，终于遇见活人了！”

瞬间，热泪盈眶。

我挥手朝他们大喊，疯狂地打着招呼，缓慢地向人影处靠近，我终于看清，原来是华哥三人！

“奇怪了，他们比我早出发一天，而且我的进度严重滞后，按理说，他们今天应该驻扎在台河五星营地了，怎么还在 2900？”

与华哥会面后我才得知。

由于前几天的大雪，白杨沟达坂全是厚厚的积雪，深达腰间，在近乎垂直的坡度上根本无法翻山，更不要提接下来的路。

华哥三人翻至达坂最高处后，眺望着一望无际的雪原，考虑再三，决定原路返回，恰好遇见我。

“阿扎兄弟，你还要继续往前走吗？我劝你和我们一起原路回撤吧，前面真的不能再走下去了，况且你还是一个人，太危险了！”

“我计划明天在 2900 休整一天，然后后天一鼓作气翻过达坂，下到马鞍营地下面扎营。”

“不现实，这么厚的雪，即使能翻过达坂，我估计你需要两到三天以上，而且接下来的路怎么走？命没了，什么都没了！”

“我再慎重考虑下吧。”

“行，天也快黑了，我们就在这儿扎营吧，明天再决定是走还是回。”

草草吃了份自热米饭，我开始思考接下来的路程。是不顾一切继续往前走，还是改走 A 线从希勒木忽回撤，还是跟华哥三人原路回撤？

我面临着两个选择。

清点了剩下的干粮，估算了下够 8~10 天的量，但是按照这几天的进度，走出 C 线怕是需要 10 天以上的时间。缺粮的风险很大，而且单人过台河怕是异常困难。

而从 A 线翻喀拉莫依拉克达坂至希勒木忽，GPS 的轨迹又出现了偏差，与遇见的马帮大叔描述的不一致。

两个选择，决定我的生死。

最后，经过讨论，华哥三人决定同我一起从 A 线撤回。

五天四夜，当我再次看见电线杆，看见人群，看见房屋，突然觉得在狼塔里发生的一切就像一场梦。

痛快地洗了个热水澡，看着窗外的车水马龙，点了根烟，我想，我会郑重其事地对 P 说，对 Y 说，对那头狼说，对狼塔说，对所有人说：“杀死那个男人，杀不死他，他只会变得更强大！”

◎ 当你发现这条路异常难走的时候，我不会熬鸡汤：努力，奋斗，继续往前，坚决不回头。我会撒砒霜：停下来，想一想，你到底想要什么，是不是该回头去做点什么？

一个驴友的自我修养

有人的地方就会有贫富差距，就会有利益斗争，就会有钩心斗角，所以，我选择——独行走天涯。

KAILAS

其实，很久前就想写这篇东西了，但一直抱着事不关己，高高挂起的想法，我觉得在这个浮躁虚华的现代社会，面对越来越庞大复杂的驴友群体，写篇直达心灵的文章还是很有必要的。

我，只是一头普通的小驴，老爷子是入圈近 20 年的骨灰级老驴，受老爷子言传身教，2010 年开始真正接触户外，骑行起步，偶尔客串背包客，单车骑行仅仅 2 万多公里，徒步也只是走过 318、青海湖大环线、狼塔以及西藏的一些短线，不是骨灰也谈不上专业，计划中的鳌太、罗布泊都没有开始行进，而且户外求生知识与技巧贫乏。多年来一直独来独往，不参加任何户外团队俱乐部活动，可以说，即使是现在的我，也跟一个菜鸟没有任何区别，唯一的区别恐怕就是多年来我对驴友——这两个字的理解与思考。

这篇东西的题目是自我修养，跟户外装备无关，跟户外知识也无关，只跟所有驴友的内心有关。

一、入乡随俗，请尊重当地文化历史信仰

随着越来越多的大驴小驴新驴老驴发展壮大，尤其是国内第 1.5 代驴友的崛起，已经不再局限于国内，开始走向东南亚与欧美南美等等，一个严重的问题暴露了出来。

我先说亲身经历的一件事。出发 318 之前跟某友吃饭，一起的还有某友的朋友。饭桌上，3 人交流还算比较融洽愉快，最后话题转到西藏上面来以后，某友的那朋友就开始滔滔不绝地抱怨自己之前的一次西

藏行，先是嫌弃藏民的脏乱差，到藏民家做客时，她嫌弃杯子脏就直接当着藏民家人的面把杯子里的甜茶倒掉了，然后藏民家的小孩玩了下她的手机，就被她斥责别把手机弄脏了，搞得藏民那家人很是尴尬。

她讲到这里的时候，我已经听不下去了，很果断地买单走人。事后，某友一个劲地问我，我脾气性格如此温和的一个人为啥好好的就突然黑了脸。我说，我跟你那个朋友的世界观不同，我是三维的，她是一维的，没法交流。

上面这个还不算什么，2012 年藏历新年，拉萨，与好友在大昭寺前晒太阳，遇见不知道多少批游客过来问："艳遇墙在哪儿？"我跟朋友一致回答："艳遇个 P，这里只有藏汉人民友谊墙！"最过分的是，那游客的嗓子特别大，旁边在磕长头的藏民们全听到了，都回过头来愤怒地看着他。

出门在外，我们不谈别的，至少请尊重一下当地人民的风俗习惯跟文化信仰吧？这东西父母从小没教过吗？出门在外只想着艳遇，一天不艳遇下就没事做了是吧？

二、摘掉有色眼镜

圈里有句行话：骑车看不起坐车的，坐车看不起徒步的。

这句话很好理解，简单地说就是圈子里的人看不起圈外的那些"伪驴""旅游者"，而圈外的"伪驴""旅游者"因为没有真正进入户外圈子，会对那群驴友产生误解，比如好日子不过去找苦吃——脑子有病；有车不坐去走路——脑子有病。你还别说，带有这个想法的人不是一般的多，尤其是思想非常僵化，生活墨守成规几十年一成不变的老“僵尸”们。

早年，我也是带着这样的有色眼镜，对于跟团旅游之类，觉得是奇耻大辱。为什么呢？因为我们是驴，是野驴，不是家驴，所以我们自然跟那些出门要跟团，住宿要星级酒店，吃饭要档次的“高大上的伪驴”们划清界限。

我也认识不少非富即贵的“旅游达人”，大部分都是海归的高富帅白富美，如果你非要强迫人家跟我们苦行僧似的潇洒流浪，还真不现实，人家如花似玉的小姑娘的妈就不答应。其实仔细想想，适合我们的，不一定适合他们。我们可以吃苦，可以一星期只吃咸菜馒头就开水，可以一连 3 天淋雨淋雪前行，可以披星戴月背着 40 斤重装通宵赶路，我们可以严格要求自己，但是，没必要要求所有人都必须做到我们这样，人家就是喜欢奢侈休闲的节奏呢？

所以，走好自己的路，不用去乱要求别人，出门了也不要觉得别人跟团旅游就是不入流境界低，每个人都有自己的选择跟适合自己的路，我们选择了苦难修行是我们自己的事，就不需要拿出来跟别人比。

三、玩户外不是玩装备、玩攀比、玩政治，而是玩心态

户外是一个消费起来非常厉害，比摄影毁一生还更严重的行业，但是如果你不过分追求装备性能，不在乎你身上套的冲锋衣是北山狼还是

骨头鸟，无所谓背的包是真北脸还是假狼爪，那就没啥好消费的。

我老爷子说过，那些山里的村民就是最厉害的驴，背个竹筐，手拿木棍，就是最牛的背包客，他们的竹筐是哥伦比亚吗，木棍是格林高利吗？

不知道从什么时候开始，户外圈子里就开始弥漫起一股不正之风，比装备，比价格，比性能，比二奶，什么都比，早年纯正的户外圈，追求的是寻找自然，探询与思考人生，如今是探询装备价格与思考如何装逼，成了一个装逼炫富的圈子。那些真心热爱户外但装备不好消费少的老驴们却被逐渐排挤出俱乐部，于是乎，户外个体驴越来越多。

随着入圈我从开始的激情到消磨与沉淀，最后才意识到：原来，玩户外原本就是很私人的一件事；原来玩户外，最重要的是心态，而不是你的背包是不是骨头鸟，你的车架是不是巫毒，你的炮友是不是满天下。

这也是我这么多年淡出俱乐部视线独闯江湖的原因。我是个不上道的人，我的装备都很差，差得那些老鸟们可以直接扔进垃圾桶的地步，我的包是凯乐石的奥林匹斯，算是最贵的一件装备了。

有人的地方就会有贫富差距，就会有利益斗争，就会有钩心斗角，所以，我选择的路就是——独行走天涯。

四、我们只是普通人，我们要时刻带着感恩的心

318 我走过一次不会再走第二次了，成熟的商业化，排队搭车的背包客，价值观错乱的 2000 多公里，起初看到别人搭车很热心招呼的善良大车司机现在则满是鄙视不屑与无视。

造成这个结果说明我们始终缺少一个时刻维护驴友形象的观念，缺少一个对帮助过我们的每一个陌生人的感恩之心。我们每个人都要负这份责任。

就如同前些年 318 上一个大学生成功搭到车后发微博说司机傻，结果导致那段时间搭车成功率为 0。当然这个大学生以后也别想在圈子里混了。

为什么？

因为我们高看了自己。我们选择了自己追求跟梦想的生活方式，但是我们与任何人都没有任何一点的不同，我们是驴友，我们爱户外，但我们同时也是普通人，走的路喝的水经历的事认识的人都是我们深藏内心的秘密，我们可以自信自强，但是不能过分自恋，本质上我们与前面那些跟团旅游的人没任何区别，大家都是出来玩，方式不同而已。那么凭什么就非要所有路上的陌生人有义务一样地无条件帮助自己呢？

在路上帮助过我的人，过了几年后我依然能够叫得出他们的名字，依然记得他们的笑脸。在这个诚信极度缺乏，所有人都缺少安全感的时代，得到一个陌生人的帮助犹如沙漠中遇到一泓清泉，永生难忘。

说件事，发生在我老爷子身上的。有天晚上，老爷子出去夜骑，漆黑的郊外遇见个年轻人车坏了，没带任何修理工具，老爷子留下来帮助年轻人修车子，而年轻人的家人也随后赶了过来。年轻人的母亲很感动，她说现在的社会能遇见老爷子这样热心的好人真的很可贵。

老爷子那天喝了酒，在电话里很感慨地告诉了我整个过程。

滴水之恩，涌泉相报，记住，我们只是平凡的普通人，在追寻梦想的道路上要向每一个帮助我们圆梦的陌生人竖起大拇指：顶好！

想说的话还有很多，想讲的故事也有很多，这些年，走南闯北后的感悟、思考，如今停下脚歇歇时，越发感受到“驴友”两字的非凡意义。

社会是残酷而现实的，“背包客”“骑行者”让我们在这个冷酷的社会，现实的时代里，通过双脚去认识更加广阔的世界，让我们明白活着不能只为了车只为了房，它给我的身心成长和变化带来了非常巨大的影响，而一路上的经历也让我的内心变得无比强大，让我感受到梦想两字带来的强大能量。

最后，祝愿每头驴都能寻找到自己所梦想所追逐的港湾。

◎ 是你自己，说要走上这条路的。

信仰之名

正如那部电影《少年派的奇幻漂流记》里，派的父亲所说："你什么都信，其实你什么都不信。"

在拉萨过年的时候发生了一件事。

那是大年三十的晚上，我跟一票好友狂欢结束后，已是凌晨时分，我已醉得一塌糊涂。

在太阳岛送其中几位好友上出租车离开时，我用不标准的藏语高声跟他们祝贺新年快乐并告别。

随后，迎面走来了一位藏族大叔，他停留在我面前，狠狠地盯着我，用不太标准的普通话莫名其妙地问了句："你知道什么叫信仰吗？"

"信仰啊？"我努力清醒大脑，正思索着如何回答时，藏族大叔用肩膀朝我撞了过来，然后又恶狠狠地逼问了一遍："难道你们汉人就不知道什么叫信仰吗？"

"兄弟，你这什么意思？"我退后了一步，丈二和尚摸不着头脑，"你是不是喝多了？"

我闻到了他身上的酒味，比我身上的更加浓烈。

"什么意思？我一个朋友刚才经过你们身边，你们说了啥？是不是骂了他？"

"你朋友？"我仔细回想，刚才送另几个好友上车时，还真的有个哥们经过我们身边，而那个时候我恰好用藏语高声告别。

他又逼近了一步，一副随时动手的架势。老敖和晓荣一见对方态度不对，连忙站在我跟他的中间拉住他进行阻止。

“怎么？你们想三个打我一个？”

无端受辱，又是在这个喜庆的日子，酒精在我的脑子里不停翻腾。前一秒，我准备挥拳先发制人，后一秒，我努力强迫自己冷静了下来。这会不会是个误会？如果，我就这样动手了，弄不好会爆发非常严重的群体性事件，说小点，打架斗殴，往大了说，这可是民族矛盾争端事件啊！

“兄弟，刚才是不是搞错了？你的那个兄弟我们都不认识，我们好端端的骂他干吗？还有，刚才我是用藏语跟朋友说再见，你是不是听错了。”

“是这样吗？”他的神情缓和了下来。

我努力回想刚才说的“再见”，虽然不标准，但是藏语发音绝对是正确的。

“兄弟，我们朋友几个都是内地来拉萨玩的。这大过年，大半夜的，你说我们这样闹有意思吗，是不？我喝多了，你也喝多了，我们冷静冷静，这只是个小误会，如果我刚才有任何冒犯的地方，我向你道歉！”我真诚地对他说道。

“原来是这样，我刚才以为你们是骂我朋友，是我的错，我误会你们了！对不起，对不起啊……”

他一边抓住我的手一边说，然后他做了一个令我们都震惊不已的动作——双膝跪地，我和老敖几人连忙把他搀扶起来。

把事情说开了，也就没什么了，我们几个和他互相祝福新年快乐，然后挥手再见。一直到返回家中，我们几人都沉默不语。

“你们知道我在想什么吗？”我率先打破了沉默。

“刚才他好凶啊，我都差点报警了。”豆豆心有余悸，还没回过神来。

“没有无缘无故的爱，也没有无缘无故的恨，我最佩服藏族汉子的一点就是，对就是对，错就是错，敢爱，敢恨，直接简单痛快，这也是我热爱这片土地的一个原因。”

“能把惊险刺激的街头打架未遂说得如此清新脱俗，阿扎你是第一个。”晓荣在旁边撇了撇嘴。

“能有多大的事，无非就是两个醉鬼的小误会罢了。哈哈，别在意了，时间不早了，我们吃早饭吧。”

事后，这件可大可小的事也逐渐被我们遗忘。但是藏族兄弟的那句话一直印在我的脑海里。

你知道什么是信仰吗？

有那么一段时间，我一直在思考藏族与汉族生活方式及观念的差异性问题。而我发现最大的区别就是两个字：信仰。

在往返于拉萨与上海的火车上，我会遇见一些在内地念大学的藏族大学生。

我经常与他们交流，讨论关于藏汉民族的争议性问题。

比如我问过睡在我下铺的几个女大学生：在内地有找过汉族的男朋友吗?

当我问出这个问题的时候，我内心是有点害羞的，怕他们误会，我还特地强调了我是“记者”，出于文化调查的目的。

但是她们并不扭捏，果断直爽地回答：“没有！”

其中一个叫央金的女大学生笑嘻嘻地告诉我原因：不是他们没遇见合适的，而是根本就不会找内地的男孩子谈恋爱。原因一，他们毕业后绝对不会留在内地，他们要回西藏建设家乡；原因二，他们觉得大部分汉族人都没有什么信仰，不论是生活习惯还是精神世界沟通上都存在着太大的差异；原因三，内地的男孩女孩都太看重金钱物质上面的享受，而很少重视精神心灵上的沟通与自修，即使有大部分也只是做给他人看，就如刷漂亮的油漆一样，太过形式主义；原因四，父母不准，原因同一二三。

我又害羞地追问了一个更加赤裸裸的问题：假设，有一个内地男孩热爱西藏，并熟悉藏地文化，愿意从内地追随女孩回西藏，他们是否愿意?

央金几人一听，互相之间眉开眼笑地打闹起来："那肯定同意啦，我们藏族女孩子对金钱物质相对看得比较轻，哪像你们内地的女孩，什么没车没房不嫁，只要人品好，有感情，尊重我们的信仰，我们当然愿意啦。不过这样的男孩子非常少，就比如叔叔你，我们在内地念书好几年了，没见过比你更懂我们西藏文化的内地人。"

"央金，要不我们把叔叔架回拉萨吧，嘻嘻……"

原本我还心神荡漾，自我感觉良好，一听几人喊我"叔叔"，我马上义正辞严地拒绝了。

随后，我跟央金谈起藏传佛教，我明显注意到了她们几人神情的变化，异常严肃。

这个时候，睡隔壁铺的一个中年男人凑了过来："你们藏族男女老

少啊，老是信那些神啊佛啊有的没的，现在是科学的时代，科学才是一切的主宰，少用些时间磕拜，西藏的发展会更好更快。”

那个男人是内地来玩的游客，一个标准的无神论者。

央金对他的说法非常不满，生气地反驳：“是啊，你们不信神，不信地狱，所以天不怕地不怕，做任何坏事都是心安理得，就算做了伤天害理的事，从来不怕神佛的怪罪，自然目空一切，口出狂言了！”

男人顿时傻眼，不知如何回答，尴尬一笑，乖乖地回了他的铺位。

“好一个暴击！”我心中暗道。

我所在的那节车厢里，基本全是在南京上学的藏族大学生，那天晚上我们轮流用手机照明，长谈到天亮，谈藏传佛教的典故，谈西藏的神话故事，谈拉萨各地的鬼故事，谈活佛的转世制度，谈各大寺庙里的运动会，谈内地有趣的生活趣事，一直到南京送他们下车。

“阿扎叔叔，你生活在内地一定非常孤独，以后有机会还是回西藏吧，有信仰的人待在一起才会开心幸福。”

央金真诚地对我说。

我只是微笑。

他们走后，离上海也没多长时间了。

整个车厢空荡荡的，我蜷缩在下铺看着车窗外飞驰而过的景色，陷入了迷茫。

你知道什么是信仰吗？

可到底什么是信仰呢？仅仅是指宗教吗？或者信仰包含着人类所珍惜的一切，比如亲情，友情，爱情，又或者物质化的东西，金钱，权利，地位？

我的信仰是钱，这句话仿佛又没有任何错的地方。

我曾带着这个问题辗转了很多年，从东到西，从南到北。

在内蒙古时，受师兄鲨鱼一语点破，我悟佛开始修习佛法，我一直坚信，用佛法来指导生活，会让生活更美好。虽然我的生活往往朝不保夕，但是内心还是充满着阳光。

后来，我又对基督教充满了浓厚的兴趣，那一年在杭州工作，每个周末，我都会独自一人去天水堂做礼拜，偶尔参加小羊团契，令我惊讶不解的是，我认识的一个在教会里虔诚做着祷告泪流满面的中年男人，一出教堂就跟各类女性开房，并且时刻炫耀着其丰厚的家产与各类名车，浑身散发着铜臭味，而我所认识的一部分教会的人都有着自己的目的性。

从那以后，我再也没进过教堂。

随后，我开始转研究道教，道法自然，顺天而行。

在西藏，我又开始深入研究藏传佛教，可我又再度迷茫了。

兜兜转转，我一直在寻找信仰，却又一直不知信仰为何物，在何处？

经历了多年的漂泊生活后，我在某一个山林深处，弹尽粮绝时，面对漫漫长夜，恍然醒悟。

原来，信仰并不是一个可以说得清道得明的东西。

它一直存在，就在我的内心深处，它可以幻化成各种模样各种形态，在你需要它的时候才会出现。你缺钱的时候，你内心的信仰是钱；你缺乏安全感，你渴望爱的关怀的时候，那么你的信仰就是爱；你到了西藏，你感受到了藏族人民的敬畏神灵之心，那么神灵自然就成了你的信仰。

原来，我们并不是缺少信仰，而是缺少一个坚持不变的关怀。

你缺钱的时候，你依然信仰神灵，你孤独无伴的时候，你依然信仰爱与真情，你独自一人走夜路惶惶不安时，依然坚信着无神论。

正如那部电影《少年派的奇幻漂流记》里，派的父亲所说：“你什么都信，其实你什么都不信。”

如果时光能倒回，回到与藏族兄弟发生冲突时，我想我明白怎么回答他了。

◎ 侠之小者，行侠仗义；侠之大者，为国为民。

当下的文艺青年，与两者皆无关联。

命 运

或许，当我开始遗忘西藏的时候，才是真正能把握自己命运的时候。

这是一段尘封了整整 10 年的往事。

2006 年，我患上了严重的抑郁症。我不知道病源从何而来，病理是如何产生的，我只知道，当时的我生不如死。家人不解，小小年纪，有吃有穿，最多爱情不如意，能有啥大忧大愁，其实现在我也会这么觉得，但当时的痛苦无法言表。肉体的痛苦可以根治，精神的创伤却会遗留一辈子，一不小心一碰，又会痛得死去活来。

我开始吃药，很贵的处方药，白天吃百忧解，晚上吃瑞美荣。药的副作用很大，吃了以后特别嗜睡，而且脑神经反应明显迟钝了很多，身体也出现了各种症状：恶心，胃痛，扁桃体发炎，失眠，耳鸣，幻觉，幻听……

药吃了一年，这种状况也整整持续了一年——我的身体跟精神防线彻底崩溃了。

我的自杀倾向越来越严重。一直到 2006 年年中，父亲为了从心灵上根治我，决定带我去西藏。

这是我与西藏的第一次结缘。

出发前，我开始计划在西藏自杀。

我不会告诉任何人，也不会透露任何一点倾向信息，如同地下党一样，保守着人生的最后一个秘密。

我把这个计划命名为“黎明”行动，然后开始暗暗地为此作准备：锻炼身体以及写好遗书，我在网上查阅了许多关于西藏的资料，并且作了笔记，当时我注意到一个叫余纯顺的徒步探险家在罗布泊遇难，他曾经四次徒步进藏，走完了进出西藏的所有路（包括到尼泊尔的），我反复读他的日记，备受激励，信誓旦旦，不死在西藏誓不罢休。

2006年第一次进藏，我尝试了各种方式自杀3次，3次皆未遂。

那是10年前啊，我的朋友们，那时候青藏铁路还没有通火车。家门口的大排面也只需要6块钱一碗。

我如此迫不及待地想要去西藏自杀，我以为我准备得很充分了。可现在我还好好地活着。

隔年，我觉得我的人生会有转机，于是强制性地给自己停药，开始尝试乐观积极地生活。虽然接下来的很多年里，我的生活没有任何值得乐观积极的一面。但就是如此痛并快乐着。

学校毕业后，因为工作，我开始到处流浪，内蒙古、辽宁、杭州、上海、安徽、江西等等，辗转大江南北，见过了各种大风大浪，表面上，我冷漠、孤僻，内心里，其实我苦苦追求着宁静温暖，我开始逐渐认清这个模糊的世界，我开始想念西藏，想念当初我单纯的目的——去西藏只是为了死在那片净土上。

我在拉萨喝过很多很多酒，也醉倒过很多很多次。拉萨是个不合格的精神病院。一直到两年前的藏历新年，我睡在布宫前的椅子上，游客朝邋遢不堪的我扔下一块钱时，我突然醒悟：我的命运，并不是西藏能轻易改变的。

我想起一本书。

流浪千万不要背着吉他，可是回程时不妨带朵花，只为纪念这一生一次的旅程。

这是周榕榕《死在路上也不错》的开篇语。

我没有来得及细看书的内容，因为我第一时间想到了陈叔。

陈叔是我父亲的多年好友，一个很憨厚儒雅的知识分子，2006 年曾一起进藏，从椒江自驾到拉萨再到珠峰。

他的妻子和儿子上个月在西藏旅行时，妻子因高原反应导致脑血管破裂，不治身亡。

听父亲说，陈叔在成都接他妻子骨灰和儿子回临海的时候，哭得跟泪人似的。

我突然发现，每个内心深爱着这片土地的人，总是或多或少地影响到身边的人。

我的父亲影响了我，陈叔影响了他的妻子和儿子，然后身边越来越多的人开始好奇，那片土地到底有怎么样的魔力，会让人不顾生死，追寻一生。

父亲参加完追悼会回来后感慨，年纪大了，身体吃不消，西藏以后怕是去不了了，你也差不多就行了，走了这么多年，也该没啥遗憾了。

其实，我知道父亲担心我的身体。我也很少把路上发生的危险告诉他，一是相信自己总能逢凶化吉，二是几年前父亲说的一句话:“你要飞，那就让你飞吧。”

他一直不知道，我的空间里一直保存着一封遗书。可是，难道就因为惧怕死亡就可以作为借口退缩在椒江这个小城市里坐井观天吗?

我自问做不到。

我不是一个胆大包天的人，在遇到大事时也会方寸大乱。但是在真正面对危险时，我知道退缩是没有任何用的。

那一年的藏历新年过完后，回到家乡寻思着找工作继续赚路费上路，在报社面试，面试官问我，在面对从没尝试过的新工作时是否会害怕。我笑笑说，我连死都不怕。

我没有过人的智慧，也没有出色的胆识，我只是一个默默在路上爬行的无名氏，我的生活就是，在路上，写字，拍照，回家买酒写故事，靠着稿费与微薄的积蓄再次回到路上。

如今，我有很好的工作，每年靠稿费都能赚不少外快，偶尔玩玩非洲鼓，带着一大帮朋友一起玩，每两年出一次远门，每个月只喝一次酒，每天抽一包烟，每周吃 3 次面条，每周一次非洲鼓聚，不交女朋友，不结婚，计划着单人徒步穿越罗布泊，计划着赚够攀登珠峰的钱。一切井井有条一切都看似美好。

或许，当我开始遗忘西藏的时候，才是真正能把握自己命运的时候。

◎ 不要跟我谈辞职去西藏，不要跟我谈梦想在何方

对现在的我来说，在哪儿都是生活

心在，西藏就在。

ཨཨོཾཧཱུྃཏྲཱཾཧྲཱིཿ། ཨོཾམམམེརམེརཡེསྭཱཧཱ།
བདགའཆངབཔོའིཚེསྲོགབསྐྱེདཅིག ཨོཾ
མམསལསལཡེསྭཱཧཱ། བདགའཆངབཔོའི
ལུསབསྐྱེདཅིག ཨོཾམམསྲོལསྲོལཡེ སྭཱཧཱ། བདགའཆངབཔོའིདབངཐང
བསྐྱེདཅིག ཨོཾམམཡེརཡེརཡེསྭཱཧཱ། བདག
འཆངབཔོའི རླུངརྟརིནཆེནདརབར
བསྐྱེདཅིག ཨོཾ
མམ ཡམ ཡམཡེསྭཱཧཱ
བདགའཆངབ པོའིསྒྲུབཔལབསྐྱེད
ཅིག རེརེསྟགསེངཁྱུངའབྲུགགཡངབསྐྱེདཅིག སརྦཀུནའདུའདུསྭཱཧཱ།
བདགའཆངབཔོ ཚེདངསྲོགལུསདབངཐངརླུངརྟསྒྲུབཔལ
དརབརབསྐྱེདཅིག རླུངརྟསྒྲུབཔལཉམསཔ
ཐམསཅདདརབརབསྐྱེདཅིག རཀྵརཀྵཡེསྭཱཧཱ།